VIERZEHN

AF204598

© privat

Tamara Bach wurde 1976 in Limburg an der Lahn geboren und studierte in Berlin Englisch und Deutsch für das Lehramt. Bereits ihr erstes Buch, *Marsmädchen*, erhielt den Deutschen Jugendliteraturpreis. Weitere Bücher und Auszeichnungen folgten, u. a. der Katholische Kinder- und Jugendbuchpreis für *Was vom Sommer übrig ist*. *Vierzehn*, das nun als Taschenbuch vorliegt, wurde gleich in zwei Kategorien für den Deutschen Jugendliteraturpreis nominiert. Nach ihren Jugendbüchern erschien 2019 *Wörter mit L*, ihr erstes Kinderbuch. Tamara Bach lebt und schreibt in Berlin.

tamara bach
VIERZEHN

Für dich. Ja. Dich.

»It's a summer kind of sickness«
San Fermin / Sonsick

moRgeN

Du schläfst. Du träumst.

Von Elefanten und deiner Oma. Du hast was vergessen und musst irgendwohin. Und dann eben deine Oma, die da steht und irgendwas über Elefanten sagt, und du fragst: »Welche Elefanten meinst du denn?«, und sie sagt: »Jetzt frag doch nicht so dumm, die Elefanten, darum solltest du dich doch kümmern!«

Erst steht ihr in ihrer Küche, aber dann ist da der Bus, und du weißt endlich, was du vergessen hast. Deine Karte. Aber da sind so viele Leute, vielleicht kannst du ja einfach so mit rein, vielleicht sieht der Busfahrer dich nicht, und du versuchst in den Bus reinzukommen und dich gleichzeitig zu verstecken. Aber der Bus ist voller Spiegel, wie Rückspiegel, wie diese runden Spiegel im Supermarkt, und überall siehst du den Busfahrer, und er sieht dich. »HEY! DU!«, schreit er.

Augen auf.

Du machst die Augen auf und merkst irgendwann, dass du die Luft anhältst. Ausatmen.

Und ein und aus (et cetera pp.). Es ist hell. Du schaust auf die Uhr. In sechs Minuten klingelt dein Wecker.

Erster Schultag.

Vor deiner Zimmertür ist deine Mutter schon wach, ist schon fertig angezogen, ist auf dem Absprung, wartet nur noch auf dich, dass du aufstehst. Dein Wecker springt in fünf Minuten an.

Du setzt dich auf und reibst dir die Augen. Krümel im rechten Augenwinkel.

Du schaust auf deine Hände, links ist gut, rechts ist schon an einem Finger der Lack abgeblättert. Du schaust dir alle Finger genau an. Feine Dellen, Webmuster von der Bettwäsche.

Du räusperst dich, du gähnst, du streckst dich und kratzt dich (Schlafläuse).

Du hast deinen Traum schon längst wieder vergessen. In vier, nein drei Minuten klingelt dein Wecker, springt das Radio an, mitten in den Nachrichten, was nicht schön ist. Du würdest lieber von Musik geweckt werden. Du hättest dir dein Handy stellen können, aber daran hast du nicht gedacht.

Schulterzucken.

Du stehst auf. Gehst zum Fenster. Noch Sonne. Noch Sommer. Schaust aufs Thermometer. Suchst dein Handy. Beide sagen 15 Grad um halb sieben. Vorwiegend heiter, sagt das Handy. Eventuell Regen am Nachmittag. Höchsttemperaturen 26 Grad Celsius.

Der Radiowecker springt jetzt an, mitten in den Halbstundennachrichten. Informiert dich über Krisengespräche, ertrunkene Flüchtlinge im Mittelmeer und Verkehrskontrollen, weiträumig.

Du stehst da und merkst erst jetzt, dass du die ganze Zeit auf die Straße vor eurem Haus gestarrt hast. Dritter Stock mit Vorgarten. Mit Vorrasen. Naturabtreter. In Grün.

Du gähnst noch einmal, drehst dich um, auf dem Stuhl vor deinem Schreibtisch steht die Schultasche und wartet, mauloffen. Sie ist gepackt.

Deine Mutter ruft nach dir, fragt, ob du wach bist. Hört von draußen, dass die Nachrichten vorbei sind und im Radio jetzt ein Lied läuft, das den Rest des Tages in deinem Hinterkopf leise auf repeat weiterlaufen wird.

Deine Mutter klopft leise an, macht dann die Tür einen Spaltbreit auf.

»Guten Morgen. Ich bin wach.«

»Ich muss jetzt los«, sagt sie. Sagt dir, dass du frühstücken sollst, fragt dich, was du heute vorhast, aber das weißt du noch nicht.

»Schreib mir später, ja? Wir sehen uns zum Abendbrot.«

Sie steht in der Tür, eine Hand an der Klinke, eine am Türrahmen, Oberkörper diagonal ins Zimmer gebeugt, zur Tochter ausgerichtet. Das bist du.

Sie lässt jetzt die Tür los, nimmt dich leicht in den Arm, du riechst nach Schlaf und Bett und denkst kurz an Elefanten. Sie riecht nach frischer Wäsche, nach Parfum, nach Haarspray und Zahnpasta.

Sie gibt dir einen Kuss auf den Kopf, erwischt drei Millimeter Stirn. Du bist in den letzten sechs Wochen zwei Zentimeter gewachsen. Das weißt du noch nicht. Sie merkt es jetzt.

Schaut dir ins Gesicht, beide Hände an deinen Wangen, ein Streicheln, ein Nicken.

»Hab einen guten Start«, sagt sie und lässt dich los.

Die Wohnungstür fällt leise hinter ihr ins Schloss.

Die Nachbarn werden sich nicht beschweren.

Du im Nachthemd, das ein altes T-Shirt ist. In einer Stunde musst du los.

Du duschst. Du nimmst die Zahnbürste mit in die Dusche. Du überlegst, ob du dir die Haare waschen musst, ob du dir die Haare waschen willst. Du riechst an deinen Haaren. Die riechen nach nichts. Du hast die Zahnpasta vergessen. Du bist schon halb nass und machst jetzt Fußspurenpfützen in einer geraden Linie zum Waschbecken. Und wieder zurück zur Dusche. Deine Haare werden nass. Dann eben doch waschen. Hörst nur das Wasser. Hast vergessen das Radio im Bad anzumachen. Irgendwo hinten im Kopf das Lied von eben. In deinem Zimmer spielen sie jetzt ein Gewinnspiel, wer als Erstes anruft und ein Tier mit Schnabel nennt, kann irgendwas gewinnen. Jemand kommt durch und freut sich wie blöde.
Du bist inzwischen fertig, dein Gesicht ist porentief rein, sagt die Tube Waschgel. Du rasierst dich halbherzig. Du schaust an dir runter und siehst, dass du dich irgendwo geschnitten hast. Du merkst den Schmerz noch nicht. Du stellst das Wasser kalt, weil du weißt, dass das gut für Haut, Haare und Kreislauf ist. Das Wasser ist zu kalt, um gesund zu sein.
Dein Kreislauf macht ja auch eigentlich keine Probleme. Du trittst aus der Dusche und an dir fließt Blut runter, schnell, viel, du machst eine zweite Spur, diesmal in Rot, diesmal zum Klo, zum Klopapier, wischst an deinem Bein rum, nach oben zum Schienbein, drückst das Papier auf die Wunde, bis es hält.

Stehst vor dem Spiegel, der nicht beschlagen ist, siehst dich an und überlegst, was zu tun ist.

Du berührst deine Lippen. Vorgestern bist du geküsst worden. Du denkst an jemanden und lächelst.

Du isst.

Du trinkst den Rest des Tees, den deine Mutter vor einer Stunde aufgebrüht hat, von dem sie schon anderthalb Tassen hatte, der in der Thermoskanne auf dich wartet, warm, nicht zu heiß.

Isst also, trinkst also, in Unterwäsche, tropfst aus den Haaren auf deine Schulter und schaust dir dein Schienbein an.

Trinkst den letzten Müslimilchschluck aus der Schale. Spülst sie kurz durch. Siehst am Spülbecken die halbe Tasse Tee deiner Mutter und gießt ihn in den Ausguss.

Du bist angezogen.

Du hast einen Rock an und ein Pflaster auf dem Schienbein. Das ist jetzt nun mal so.

Der Rock ist dunkelblau. Dein Shirt ist weiß. Du könntest auf eine Mädchenschule gehen. Ein katholisches Gymnasium.

Du ziehst pinkfarbene Sandalen an.

Du schaust auf den Nagellack. Der ist jetzt schon an zwei Stellen abgeblättert. Schaust auf die Uhr und hast keine Zeit mehr. Nicht dafür.

Du gehst noch einmal deine Tasche durch, hast dir auch einen Apfel eingesteckt, vergisst die Flasche Wasser, die noch in der Küche steht. Hast dir kein Brot geschmiert.

Überlegst, ob man das in deinem Alter noch macht. Sich ein Brot schmieren für die Pause.

Fasst dir ans Handgelenk, das ist leer, dann suchst du deine Uhr. Die liegt da, wo sie liegen soll, wo du sie für heute früh zurechtgelegt hast.

Deine Haare sind trocken.

Die Tasche gepackt.

Nimmst dein Handy und steckst dir die Kopfhörer ins Ohr. Schlüssel.

Die Tür fällt laut hinter dir ins Schloss. Einer der Nachbarn zuckt in seiner Wohnung zusammen und wird später mit deiner Mutter ein ernstes Wörtchen über diese Türenknallerei reden müssen.

BUS

Samstag war dein Fahrrad platt. Du hast es aufgepumpt, gedacht, das reicht. Das hat es nicht.

Die Felge hat Bodenkontakt. Der Reifen muss geflickt werden. Du hast keine Zeit. Und du kannst das eigentlich auch gar nicht. Dein Vater kann das, und er hat es dir nicht beigebracht.

Du schaust auf die Uhr und rennst nicht, aber sputest dich. Du gehst sehr schnell und versuchst dabei sehr große Schritte zu machen. Du willst nicht rennen. Du hast Sandalen an, die sind nicht zum Rennen gedacht. Du siehst die Bushaltestelle und weißt, dass der Bus gleich kommt, und musst das schaffen.

Du siehst den Bus zwei Ecken weiter in deine Straße biegen. Du rennst dann doch die paar Meter, so vorsichtig, wie man eben rennen kann.

Stehst an der Haltestelle, als der Bus ankommt, so langsam fährt der, dass es auch so gereicht hätte.

Du hast keine Karte.

Du hast vergessen, dir eine zu besorgen. Das hättest du letzte Woche schon machen sollen.

Du kramst in deiner Tasche und findest dein Portemonnaie. Du findest Geld. Du bezahlst. Irgendwer steigt einfach hinten ein und hat bestimmt keine Karte. Irgendwer wird nicht erwischt, weil du gerade bezahlst und der Busfahrer dich anschaut, dann Tasten drückt, damit dein Wechselgeld aus dieser Maschinerie rausrutscht, die da um ihn rumgebaut ist. Du bekommst ein kleines Stückchen Papier. Du fährst nicht schwarz.

Du denkst an Elefanten und findest einen Platz am Fenster.

Hinter dir hustet jemand in deinen Nacken. Der Bus steht an der Kreuzung zur Hauptstraße. Der Bus wartet.

Du magst das nächste Lied nicht.

Du skippst eins weiter.

Schaust auf dein Handy und hast eine Nachricht. Wo du denn bist.

Du schreibst, dass du im Bus sitzt. Dass du auf dem Weg bist. Der Bus steht immer noch an der Kreuzung.

Du bekommst eine neue Nachricht. Dass es so viel zu bereden gibt. Wo denn der Bus sei.

Du hast ein Buch dabei. Du überlegst, ob du lesen willst. Nachrichten oder Buch. Du schaust aus dem Fenster.

Dein Handy ist auf stumm gestellt.

Du magst das nächste Lied.

Riechst Kaffeeatem. Hörst trotz Musik das Rascheln einer Tageszeitung. Siehst ein Grundschulkind auf dem Schoß einer Frau. Schläft. Der Bus ruckelt an. Biegt auf die Hauptstraße. Der Fahrer flucht.

Du hast inzwischen sechs neue Nachrichten bekommen.

Du schreibst, dass du im Verkehr feststeckst. Dass du nicht weißt, ob du es schaffst. Rechtzeitig. Fragst, ob man dir einen Platz frei halten kann, wenn es hart auf hart kommt. Du schreibst nicht hart auf hart.

Dir wird ein Platz versprochen. Dir werden ein paar Emoticons geschickt. Du schickst welche zurück.

Der Fahrer macht die Tür auf und steigt aus. Raucht eine

Zigarette.

Jemand hinter dir schaut auf die Uhr und beschließt, dass er besser zu Fuß läuft. Jemand hat heute einen wichtigen Termin bei seinem Chef. Da geht es um alles. Das weißt du nicht. Der sitzt ja hinter dir. Und jetzt steigt er aus.

Du schreibst jemand anderem eine Nachricht, schreibst *Ich hab heute Nacht von Elefanten geträumt.* Du schaust auf dein Handy, siehst, dass die Nachricht gelesen wurde, siehst, dass geschrieben wird.

Bekommst eine Antwort. Lächelst.

Vorne bewegt sich was in der Autoschlange. Der Fahrer springt zurück auf seinen Platz, startet den Bus.

Der Verkehr entspannt sich.

Guten Morgen.

SCHULHOF

Niemand muss dir einen Platz frei halten. Es ist 7.49 Uhr und du stehst auf dem Schulhof, du schaust dich um. Der Platz ist derselbe.

Du wirst herangewinkt. Man ruft deinen Namen. Da stehen sie, zweisilbige Mädchen, die auf a enden. Und Jeanette.

Winken, den ganzen Weg, der nicht lang ist, ungeduldig, beeil dich, in elf Minuten klingelt es zur ersten Stunde. Man begrüßt sich jetzt also mit Wangenküsschen. Zwei. Das ist neu. Nicht, dass es zwei sind, sondern das Bussibussiding an sich. Du machst mit, gehst die Reihe entlang, Jeanette, Hannah, Emma eins und Emma zwei. Blahblah und Blahblah.

Ihr habt euch den ganzen Sommer nicht gesehen. Sie haben dich den ganzen Sommer nicht gesehen.

Ob du wieder gesund bist, fragt dich Blah, du nickst. Voll und ganz. Keiner kann sich mehr anstecken. Bist seit Wochen genesen, das sagst du nicht. Und nein, du musst das letzte Schuljahr nicht wiederholen.

»Streber.«

War ja eh kurz vor Notenschluss.

Und stimmt, du hast ja auch Geburtstag gehabt. Ob du die SMSen bekommen hast?

Du nickst. »Danke.«

War bestimmt nicht toll am Geburtstag krank zu sein. Warst du nicht, sagst du nicht.

»Ohmeingott, ich hab dir so viel zu erzählen«, kommt von Jeanette, und so wie Hannah schaut, siehst du, dass sie eingeweiht ist. Und dass ihr das gefällt. In ein paar Minuten klingelt es, und du weißt noch nicht mal, wo ab jetzt euer Klassenzimmer ist. Du stellst die Fragen, die am Schwarzen Brett beantwortet werden, das auf der anderen Seite des Schulhofs hängt. Die Ersten bewegen sich in Richtung Schulgebäude. Dir kribbeln die Beine, du schaust auf die Uhr, aber Jeanette winkt ab. Hannah verdreht die Augen. Blah und Blah reden undeutliche Sprechblasen voll. Jeanettes Hand auf deinem Arm. Bei der ist der Nagellack tadellos. Sieht aber auch sehr nach Gelnägeln aus.

»Du siehst gar nicht krank aus«, sagt eine Emma.

Du bist ja auch gesund.

Ihr seid alle ein bisschen brauner als vor sechs Wochen.

Du hast sie alle vor acht Wochen das letzte Mal gesehen.

Ihr habt euch nicht groß verändert.

Du siehst vor allem gar nicht krank aus.

»Nee echt nicht«, sagt Emma.

Du willst wieder sagen, dass du ja auch gar nicht, siehst Emmas Gesichtsausdruck und bedankst dich einfach.

Hannah flüstert Jeanette etwas ins Ohr, so dass man halb mitbekommt, »was denn noch mit« flüsterflüster.

Jeanette mit ernstem Blick.

Ein Nicken von beiden.

Hannah schaut dich an. Gesicht sagt »Das verstehst du nicht«.

Endlich klingelt es. Ihr müsst nur ins Erdgeschoss.

Du gehst los.

kLs

Du hast schon wieder vergessen, wie das geht, erster
Schultag. Dass KLS Klassenlehrerstunde heißt. Dass es
den Stundenplan eigentlich online gab und ihr gleich
gesammelt zur Schulbuchausgabe gehen werdet.

Jetzt sucht man sich die Plätze, die man den Rest des
Jahres behält. Das ewige Handtuch auf dem Liegestuhl
am Pool.

Du folgst Hannah und Jeanette, du setzt dich. An den
Tisch neben ihrem Tisch. Du schaust in deine Tasche,
ziehst Block und Mäppchen raus. Deinen Kalender fürs
Schuljahr.

Und weil sich doch wieder was geändert hat, malt der
Klassenvorstand dann doch wieder einen Stundenplan an
die Tafel, lässt einen nach vorne kommen, um ihm die
Stunden zu diktieren, macht einen lauen Witz, dass das
nicht für die Endnote zählt, und lacht alleine.

Du kannst deiner Mutter jetzt schreiben, dass du heute
sieben Stunden hast.

Dir knurrt der Magen. Du hättest dir ein Brot schmieren
sollen.

Bei Mittwoch geht die Tür auf und da steht irgendwer
Neues.

Entschuldigt sich, jaja, der Lehrer winkt ab, soll sich
setzen. Schaut, und gibt ja nur noch einen Platz, den
neben dir.

Sagt, dass man jetzt komplett sei, mehr könnten es nicht

werden, dreht sich um und diktiert Donnerstag. Hält
inne, weil er noch fragen muss, wie sie heißt. »Maxima«,
sagt sie. Irgendwer lacht natürlich, irgendeiner kichert,
irgendwer wiederholt ihren Namen und macht es
dadurch nicht lustiger.
Und der Lehrer auch, »So groß bist du ja gar nicht«.
»That's what she said«, von schräg hinten.
Halbe Entschuldigung, man meine das ja alles nur im
Scherz.
Keine Toleranz für Mobber.
Verzieht keine Miene, setzt sich auf den Stuhl neben dir,
Lederjacke, dabei ist es jetzt schon 19 Grad warm.
Du merkst Hannahs Blick von links, halb zu dir, halb zu
der Neuen.
Du starrst nach vorne. Fühlst mit den Fingerspitzen
deine Nägel ab. Kannst nichts retten. In drei Tagen lernst
du das Wort *defeat*.
Alle müssen wieder aufstehen, alle raus. Tür wird hinter
dem Letzten zugesperrt. 9. Klasse heißt nicht mehr
zweiundzwei und HandinHand. Heißt lahmarschiger
Pulk, der langsam den Gang, die Treppe in den Keller
zur Buchausgabe entlangwabert. Man steht an. Zufalls-
prinzip. Noch eine schlappe Ermahnung, die Bücher in
demselben Zustand in zehn Monaten wieder abzugeben,
wie man sie heute in Empfang nimmt. Dass man auch
nicht hineinzumalen, keine Blätter auszureißen hat. Aus
dem Alter sei man doch raus, oder nein, in dem Alter sei
man jetzt gerade, erinnert sich der Klassenlehrer, weiß
auch die Frau hinter der Ausgabe. 9b.
Irgendwann bist du dran und sagst deinen Namen,

der wird abgehakt, du bekommst die Arme voll mit
Büchern. Du hast an eine extra Tasche gedacht, zwei
sogar. Kleingefaltet in deiner Schultasche. Ihr habt Spin-
de, da kann man das meiste drin verstauen. Du fragst
dich, ob du noch denselben Spind wie letztes Jahr hast.
Du weißt nicht mehr, wie das alles läuft. Du hast vergessen zu fragen.

Alle sind versorgt. Die Liste ist aber noch nicht komplett
abgehakt, da fehlt einer, sagt die Frau. »Nein, der kommt
nicht mehr«, weiß einer hinter dir. »Aha.«

Ein Name wird ausgestrichen.

Zurück marsch, marsch. Ihr schleicht den Weg mit Blick
auf die Uhr.

Alle wieder auf die Plätze. Wieder fünf Minuten um.
Dem da vorne rennt die Zeit davon. Man müsse noch
Klassensprecher und -vertreter wählen. Und jemanden
für die Klassenkasse. Will man das eigentlich noch, so
eine Klassenkasse?

Der Klassenvorstand schaut in eure interessenbefreiten
Gesichter. Ihr seht euch morgen wieder. Dann muss man
dann eben. Ja.

Es klingelt.

Rechts neben dir fragt dich nach deinem Namen. Du
nennst ihn und jemand hinter dir lacht.

Aber so nennt man dich nicht.

Du sagst, dass alle dich Beh nennen.

matHe

Fünf Minuten Unruhe und Rumgerenne. Jeanettes und Hannahs Köpfe zusammen. 8.48 Uhr und der Mathemensch kommt zur Tür rein mit Riesenschritten in 7-Meilen-Stiefeln. In 11,26-Kilometer-Stiefeln.

Bezieht Stellung am Pult, fragt nach dem Klassenbuch. Schulterzucken. Schickt einen Unfreiwilligen zum Sekretariat. Es klingelt zur zweiten Stunde.

Der Mathemensch lässt sich nicht lumpen, lässt sich nicht bitten, lässt euch überhaupt keine Wahl. Alte Schule. Erst die Fakten. Wie viele Klassenarbeiten im Halbjahr, wie sich die Endnote zusammensetzt, sagt, dass er das alles nur einmal sagt, sagt, wer sich beschweren will, »be my guest« (Englischlehrer ist er auch). Beschweren könne man sich beim Kultusminister, die betreffende Adresse finde der gewiefte Schüler im Netz.

Fragt nach weiteren Fragen.

Gibt keine.

Weiter im Text.

Körper. Drei Dimensionen.

Flächen könne man ja. Revision.

Zack, zack geht das. Du konntest das alles mal.

Du schreibst mit, du merkst, dass deine Hände das lange nicht mehr gemacht haben. Neben dir liegt das neue alte Mathebuch, ungeöffnet, also Flächen, die Formeln, das muss sitzen, Leute! Irgendwann nach der Grundschule war da der Bruch, da wurdet ihr nicht mehr Kinder genannt, sondern Leute. Komisch klang das. Aber man gewöhnt sich an alles.

Zack, zack.

»Der Kreis. Das müsst ihr wissen, das muss sitzen, dass man euch nachts wecken kann, fragen, wie lautet die Formel zum Berechnen der Kreisfläche, und dann ZACK, Antwort!«

Du kanntest den Mathemenschen vorher, nicht persönlich, außer aus einer Vertretungsstunde vor drei Jahren. Du hast gehört, wie der ist. Die anderen haben gehört, wie der ist. Hart, aber fair, sagen die. Keiner von denen, die eine persönliche Vendetta gegen das weibliche Geschlecht führen, weil die Ehefrau daheim nicht so ist, wie man das gerne hätte. Keiner also, der Mädchen an der Tafel vor versammelter Mannschaft zum Heulen bringt, mit Absicht. Dem kann man nicht ans Bein pissen, hat einer gesagt. Dem nicht.

Bei dem meldet man sich nicht, bei dem wird man aufgerufen, bei dem hat man die Antwort zu wissen. Kennt der deinen Namen nach zwei Wochen immer noch nicht, kannst du deine mündliche Note im Halbjahreszeugnis vergessen. Friss oder stirb.

Er ruft dich auf, sagt »Duda«, du gibst die Antwort. Schnell.

Ein Nicken. Ein Nachfragen. Kreisumfang.

Du antwortest.

Du bist registriert.

Er redet weiter, ruft den Nächsten auf.

Dreht sich dann doch noch einmal zu dir um und fragt dich nach Pi.

Du fragst dich, ob du hättest zögern sollen. Wenigstens bei der zweiten Antwort. Nein, bei der dritten. So tun, als müsstest du überlegen. Und dann erst antworten. Jetzt ist es zu spät.

Du bist nicht mehr in der Grundschule. Du bist nicht mehr in der Unterstufe. Da war es in Ordnung. Als du aufs Gymnasium gekommen bist, warst du ein bisschen stolz, aber hast dich nicht selbst klug genannt, das haben deine Lehrer getan. Vor den Eltern. Ihr Kind ist klug, haben die gesagt.

Und deine Mutter, die wusste das ja schon. Die weiß aber auch, dass es unterschiedliche Formen von Intelligenz gibt. Die logische, ja, mein Gott, die kennen ja alle. Kann Mathe, kann Grammatik. Kann alles, was eben logisch ist, was Sinn ergibt. Hat dir gesagt, das ist schon in Ordnung. Das wird dir in der Schule sehr helfen.

Zu Hause dann gejammert, dass es doch schön wäre, wenn die Schüler individuell nach ihren Fähigkeiten unterrichtet werden würden. Dass andere eben bildlich verstehen. Wieder andere haptisch.

Das alles deinem Vater. Der hat nur zugehört. Der hat nichts gesagt. Der ist Ingenieur.

Von zwei Dimensionen zur dritten.

Du legst den Stift für einen Moment zur Seite, schüttelst deine Hand. Öffnest und schließt sie wieder.

Die neben dir schreibt nicht.

Prompt wird die aufgerufen.

Weiß die Antwort. Zögert nicht. Sagt es einfach.

Fragt der Mathemensch, ob sie das schon mal gemacht hat. Sagt sie, nein.

Sagt er, gut.

Hannah ist schlecht, sagt sie, möchte ins Krankenzimmer.

Kleine Diskussion. Irgendwas mit Sushi aus dem Supermarkt.

»Dann ab«, Daumen in Richtung Tür.

Ob Jeanette sie begleiten könnte.

»Wer ist Jeanette?«, fragt er. Hannah zeigt zum Fensterplatz.

Er fragt dich, wer du bist.

Du sollst Hannah bringen. Sollst danach auf direktem Wege wieder zurückkommen.

Und was die kürzeste Verbindung zwischen zwei Punkten sei.

»Strecke«, sagst du.

krankenzimmer

Du schaust auf deine Füße, darunter der Steinfußboden
in ockerbraunzahnfarben. Sollte kühl sein, und bestimmt
ist er das auch, aber nichts kommt bei dir auf 1,64 m an.
Inzwischen ist es über 20 Grad. Das merkst du hier im
Flur nur ansatzweise. Hannah ist schneller als du, als
hätte sie es eilig. Ihr geht ein Stockwerk höher, sagt im
Sekretariat Bescheid, dass Hannah ins Krankenzimmer
will oder muss, wieder die Geschichte mit dem Sushi.
Du musst nicht mal fragen, ob die stimmt. Du folgst
Hannah quer über den Flur, sie ist als Erste an der Tür.
Öffnet sie.

Tja. Du kannst und sollst jetzt gehen. Auf direktem Weg,
ohne über Los zu gehen und so weiter.

Hinter der Tür kein Mensch. Wer macht denn auch
schon am ersten Tag blau. In der zweiten Stunde.

»Sag ihm, dass ich gekotzt habe und du mir die Haare
halten musstest«, sagt Hannah plötzlich. Du schaust auf
die Uhr. Du bist ein Lückenbüßer und nicht Jeanette.
Noch zwanzig Minuten.

»Komm«, sagt Hannah, und dass du ja eh schon einen
Stein bei dem Menschen im Brett hast, der glaubt dir
sonst was. Du bist keine, die sich vor Mathe drückt. Weiß
der, denkt der.

Hannah schließt die Tür, hat noch im Flur nachgeschaut,
was da an Lehrern rumlungert, keiner, hat dich ins
Zimmer geschoben.

Da steht eine Liege, da setzt ihr euch drauf. Schaukelt mit den Beinen.

»Und?«, fragt eine von euch.

»Und?«

Hannah sagt, dass es schade war, dass du nicht mit warst in Polen.

Du machst irgendwas mit den Schultern.

Aber es hätte eh die meiste Zeit geregnet. Und dann hätten sie in den Hütten festgesessen. Das nächste Kaff mehrere Kilometer entfernt. Und Meer macht bei Regen auch keinen Spaß.

Du nickst und denkst, dass dir egal ist, welches Wetter am Meer ist. Wenn man nur am Meer ist, ist alles gut. Und dass du nicht da warst.

Ob irgendwer Interessantes da war.

Hannah zuckt mit den Schultern, sagt, na, Jeanette hätte was zu erzählen.

Was Hannah schon weiß. Weil sie dabei war.

Eine Hütte haben sie sich geteilt. Die wäre vielleicht für drei gewesen, denkst du. Und wenn nicht, hättest du mit Jeanette in einer Hütte gelegen und bei Regen was erzählt. Und wüsstest jetzt, was in Polen alles passiert ist.

Du schaust auf die Uhr und Hannah stöhnt.

»Ey, dann geh doch, könntest ja was verpassen.«

Polen hast du auch schon verpasst.

Hannah schaut dich nicht mehr an.

Du bist nicht Jeanette. Die sollte jetzt hier sitzen und dann würden die beiden über Polen reden, über das, was passiert ist, wie man das so macht, hundertmal, tausend-mal, weißt du noch, wie dasunddas passiert ist. Und die

Insiderwitze. Die Sprüche, die für niemand anderen Sinn machen. Dass eine so was sagt wie »Das Taschentuch« und die andere anfängt zu lachen, als sei das der beste Witz der Welt. Taschentuch. Was weißt denn du.

Du fragst nach Jungs.

Willst fragen, wie geht es dir? Vor den Ferien, bevor du krank warst, da war Hannah doch verliebt in einen aus der Parallelklasse, ob es den noch gibt?

Anscheinend nicht. Hannah lächelt. Sagt, sie hätte aber noch ein paar nette Mädchen kennengelernt, die gehen auf die IGS. Dass sie oft tanzen waren. Das gab's da nämlich, so eine ranzige Disco, in der jeden Abend dieselbe Musik in derselben Reihenfolge gelaufen ist.

Du lachst ein bisschen.

Und betrunken war Hannah, weil es Wodka gab, den haben sie mit Limo gemischt.

»Nie wieder.« Hannah schüttelt den Kopf.

In zehn Minuten klingelt es.

Du kannst jetzt gehen.

Hannah sagt okay.

Du gehst zurück, sagst, dass das Sushi jetzt draußen ist, dass du Beistand warst. Sagst, dass Hannah da jetzt liegt und Wasser trinkt.

Du bist gar nicht so schlecht im Lügen.

Und Hannah hat Recht. Er glaubt dir. Freischein.

Du schaust an die Tafel und schreibst ab, was da steht.

»Pff, Sushi«, sagt die neben dir leise.

pause

Die Schlange vor dem Hausmeisterkabuff ist zu lang. Du hast noch einen Apfel. Du isst also deinen Apfel. Viel ist nicht dran.

Du knabberst dich nah ans Kerngehäuse, an Strunk und Stiel ran. Ab in den Müll. Leckst dir die Finger.

Die Neue steht da und starrt dich an.

»Ist was?«

»Nee.«

Du schaust deine Nägel an. Am Zeigefinger ist nur noch ein kleiner Fitzel Lack übrig.

Hannah ist wieder bei euch. Hat sich nicht erwischen lassen. Sieht fast ein bisschen krank aus. Kann sie gut, die Hannah.

Blah und Blah, Hanni und Nanni fragen die Neue aus.

Merk dir den Namen. Maxima.

Maximal. Du gehst alle Varianten ihres Namens im Kopf durch, fragst dich, was sie schon alles gehört hat. Ob man sich das traut, den üblichen Quatsch mit ihrem Namen anzufangen. Die sieht aus, als könnte sie hauen. Feste.

Jeanette stellt sich zu dir. Mensch, ihr habt ja noch so viel zu besprechen. Und ob du denn heute Nachmittag Zeit hast.

Du hast Ethik.

Und dann?

Du musst auch mal nach Hause. Jeanette kann ja, denkst

du, und denkst, nein, kann gerade nicht zu dir nach Hause, dich besuchen. Nein.

Aber Jeanette hat schon einen Plan.

Ins Schwimmbad will sie.

So um fünf.

Oder sechs.

Das nennt die Nachmittag.

Du weißt noch nicht.

Jeanette macht das Es-geht-um-nen-Jungen-Gesicht.

Dazu die Diesmal-ist-es-ernst-Augen. Mit Echt-jetzt-Augenbrauen.

»Ja, vielleicht.«

Du bekommst eine SMS. *Kannst du heute Nachmittag vielleicht ...?* Du kannst, sagst zu, hast plötzlich noch einen Termin.

Sagst Jeanette, dass sechs Uhr besser ist. Oder halb sechs.

Ja, das dürfte funktionieren.

Jeanette freut sich.

Du hast jetzt den anderen nicht zugehört. Die haben inzwischen die Neue ausgefragt. Warum Maxima auf einmal hier aufgetaucht ist, ob die sitzengeblieben ist oder umgezogen.

Die anderen wissen das. Aber eigentlich ist es auch egal. Sie wird wahrscheinlich den Rest des Jahres neben dir sitzen. Es gibt keinen anderen freien Platz.

Du schreibst deiner Mutter, was du heute noch vorhast. Bis jetzt.

Zu Hause steht Suppe, schreibt sie. Im Kühlschrank. Gemüsesuppe. Sollst dir beim Bäcker noch ein Brötchen dazu holen.

Hannah und Jeanette fragen, »Mutter«, sagst du.

Schaust wieder auf dein Handy, verkneifst dir ein Lächeln, weil du eine Nachricht bekommen hast, die nichts mit Mittagessen zu tun hat.

Kleine Sonne.

Schaust auf die Uhr. Hast plötzlich Durst. Hast kein Wasser dabei, keine Flasche, die du am Waschbecken auffüllen kannst.

Gehst dann also doch zum Hausmeister und stellst dich an.

Hinter dir Nick, der das alte Spiel spielt. Dich Keule nennt. »Ethik später«, sagt er.

»Klar«, sagst du.

»Die Freude ist groß«, sagst du.

Die Freude ist ganz seinerseits, sagt er.

deutsch

Wie alles zurücktrabt. Wie alles wieder beim Alten ist, die gleiche Routine. So geht das jetzt die nächsten Monate.

Nein, die nächsten Jahre, denkst du.

Du willst nicht an Jahre denken. Jahre sind lang. Ewigkeiten.

Du denkst ja nicht mal an Weihnachten. Das ist noch Lichtjahre entfernt.

Man könnte ausrechnen, wie viele Schulstunden man dieses Jahr vor sich hat. Man könnte Marker setzen, Meilensteine, für Ferien, Notenschluss, für Atempausen.

Man kann es aber auch einfach seinlassen.

Hannah fragt dich, was du Mittwochabend vorhast.

Chor.

Hannah fragt, seit wann du im Chor singst.

Du zuckst mit den Schultern.

Hannah denkt, sie hat das einfach vergessen.

Weiß nicht, dass du in den Ferien angefangen hast im Chor zu singen. Dass das neu ist.

Ist eigentlich auch egal.

Ob das ein Kirchenchor sei, fragt sie.

Du tippst dir an die Stirn. Sie lacht.

Rein ins Klassenzimmer. Hinsetzen. Noch mal den Stundenplan anschauen. Deutsch.

Du schaust nach vorne. Lehrerin ist anwesend, steht schon bereit.

»So. Alle da. Dann können wir ja anfangen.«

Zum zweiten Mal heute, was alles dieses Jahr passieren wird, wie viele Arbeiten, lalala, welche Sorte Hefter sie gerne für die Klassenarbeiten hätte ...

Du reißt ein Extrablatt aus deinem Block.

Legst eine Liste an, was du alles zu erledigen, zu besorgen hast. Anschaffungen. Du musst diese Woche noch in den Schreibwarenladen.

Darunter:

– *Schülerausweis*

– *Spind*

– *Fahrkarte?*

Denn eigentlich fährst du ja mit dem Rad. Du könntest auch laufen, das würde halt ein bisschen länger dauern, aber ...

Die Lehrerin ist jetzt fertig.

Hat einen Stapel Blätter vor sich.

Du fragst dich, ob sie eine von denen ist, die die Blätter schon vorgelocht haben.

Hannah und Jeanette – »Ihr da, dritte Reihe Fenster!« – werden ermahnt.

Dann liest sie vor. Zuerst wartet sie, bis alles still ist. Alle. Keinen Mucks lässt die zu.

Blick über die Lesebrille.

Liest also vor.

Legt dann den Text beiseite, gibt die Blätter rum, noch mal lesen sollt ihr, jeder für sich.

Das sagt sie noch einmal lauter. Und schaut noch mal zu Jeanette und Hannah.

Danach sollt ihr Fragen an den Text aufschreiben.

Du hast keine Frage. Du hast erst recht keinen Plural.
Du sitzt deine Zeit ab.
Dann redet sie von Textanalyse und Interpretation und
fragt euch ab, was das sein soll.
Und irgendwer sagt, dass man da herausfindet, was der
Autor einem mit dem Text sagen wollte.
»Bullshit«, sagt die plötzlich.
Und wer euch denn den Müll beigebracht hat.
Ihr nennt keine Namen.
Müsst ihr auch nicht, weil sie sich jetzt warm redet. In
Rage.
Maxima stößt Luft aus. Sagt leise »Wooooaaaw«.

Du hörst gar nicht zu.
Du weißt doch schon, wovon der Text handelt.
Paradies steht da.
Von Zeit. Und davon, was übrig bleibt. Und von den klei-
nen Dingen, die mal so profan waren, die man einfach
nicht wahrgenommen hat, weil sie normal waren, weil
sie einfach dazugehört haben. Alltag. Und erst, wenn das
weg ist, wenn die kleinen Dinge vorbei sind, dass man
dann weiß, was das ist.
Joni Mitchell never lies.
Pa-ra-dies, denkst du.
Du warst diesen Sommer nicht am Meer.
Du hast keine Fragen an den Text.
Du sitzt es ab, du weißt, wo das hinläuft, du schreibst
die W-Fragen auf und beantwortest sie auch gleich,
du lernst, was eine Textparaphrase ist, du schreibst
also in drei Sätzen auf, was in diesem Text passiert, du

unterstreichst Wörter und Sätze, die alle was mit Zeit und Vergänglichkeit zu tun haben, mit Abwesenheit. Und wie oft das Wort *aber* benutzt wird.

Schau, du hast den halben Text unterstrichen. Und das soll dir nun weiterhelfen?

Du nimmst das Wort Paradies auseinander. Para-dies. Parade steckt da auch drin. *Dies* ist Englisch für *stirbt*, Latein für *Tag*. Paras hatte der eine aus der Zehnten auf der letzten Schulparty, rumgeschrien hat der. Du fragst dich, ob der inzwischen noch auf der Schule und in der Elften ist. Oder ob der jetzt woanders ist. Woanders laut ist und schreit, dass er verfolgt wird.

Du weißt ja nicht mal seinen Namen.

Die Menschen in der Geschichte haben auch keine Namen.

Du schaust rüber zu Hannah, die lauter Sachen an den Text dranschreibt. Du siehst Jeanette, die bei ihr abschreibt, aber Hannahs Schrift nicht lesen kann. Du weißt jetzt schon, was die Hausaufgabe ist, du machst dir eine Notiz in deinen Kalender, schaust nach, wann du das nächste Mal Deutsch hast.

Du hast *Schlachthof 5* gelesen in den Ferien. Darüber würdest du gerne reden. Dass es so anders war, so wirr, und würde dich jetzt jemand fragen, wovon das gehandelt hat? Keine Ahnung. Thema?

Wahrscheinlich auch Zeit. Krieg. Du hast ehrlich gesagt keine Ahnung. Du hast es aber sehr gerne gelesen. Du bist dir ziemlich sicher, dass du es noch mal lesen willst. Aber du weißt nicht, ob der Autor was mit diesem Buch sagen wollte, und was.

»Scheut euch nicht davor, ICH zu sagen«, sagt die Frau.
Du hast den Faden verloren.
Warum sollte jemand ein Problem damit haben, ICH zu sagen?
»ICH?«, fragst du Hannah, aber die schreibt das gerade sehr unleserlich auf, also fragst du Maxima.
»In der Analyse. Die eigene Meinung. ICH.«
Du schaust auf ihre Nägel. Die hat nur drei an der linken Hand lackiert. Vielleicht ist ihr auch die Zeit ausgegangen.
Du schaust auf die Uhr, als die da vorne auch auf die Uhr schaut und sagt, dass ihr die Zeit ausgeht, dass das aber schon nicht schlecht war für den Anfang.
Und dann gibt sie die Aufgabe auf, die du eh schon in deinem Kalender stehen hast. Es klingelt. Du musst aufs Klo.

WC

Vorletztes Jahr beim Abistreich hast du dir die Jungsklos angeschaut. Seitdem weißt du, dass das Leben ungerecht ist. Da hängen Pissoirs und dazu gibt es genauso viele Kabinen wie im Mädchenklo.

Fünf Minuten Pause und zehn Mädchen in einer Schlange für drei Kabinen. Du stehst an der Wand gegenüber der Spiegel, du siehst dich selbst aus dem Augenwinkel. Du wirst nicht hier stehen und dich im Spiegel anschauen und dir die Haare machen, den Pony glatt streichen, die Augenbrauen richten und vielleicht noch von irgendwo ein Lipgloss herzaubern. Du stehst hier einfach nur an.

Die vor dir hat gar keine Hemmungen.

Schmollt sich selbst an. Zupft an ihren Haaren rum. Die sehen danach genauso aus wie vorher.

Dass die sich nicht selbst noch Kussmündchen zuwirft.

Tür geht auf, Jeanette steht da, stöhnt angesichts der Schlange.

Du versprichst schnell zu sein. Das ändert nichts daran, dass da noch neun andere stehen.

Tür auf, eine raus, eine rein.

Acht.

Geht die doch glatt raus, ohne sich die Hände zu waschen. Nicht mal dieses Pseudowaschen, wo man nur Wasser über die Hände laufen lässt und keine Seife benutzt. Sau.

»Bitch«, sagt Jeanette, als die Tür hinter der zufällt.

Du fragst und Jeanette sagt, dass die eben eine ist. Dass sie die deswegen so nennt. Weil Bitch.

Du siehst, dass die in der Schlange vor dir zuhören und Augenbrauen heben. Die Sache mit den Spiegeln. Man bleibt einfach nicht unbeobachtet.

Klospülung, Tür auf, eine raus, eine rein. Die wäscht sich die Hände. Ordentlich. Die bekommt diesen Winter keine Grippe.

Greift dann aber mit den blitzesauberen Händen an die Türklinke, die eben noch die andere mit den Pipihänden angefasst hat. Alles für die Katz.

Jeanette erzählt, dass es also diesen Typen gibt, der war mit in Polen. Der hatte da aber eine Freundin. Und noch eine. Aber dann auf der Rückfahrt haben die beiden Mädels sich gegen ihn verbündet. Und Jeanette und er haben sich dann an einer Raststätte unterhalten. So hätte sie noch nie mit einem geredet.

Gleich klingelt es.

Das ist deiner Blase egal. Weitere fünfundvierzig Minuten hält die nicht durch.

Und der Typ (Tür auf, Spielerwechsel, Tür zu) wäre toll und hätte sie ganz fest umarmt. Zwei Türen gehen auf. Zwei raus, zwei rein.

Wenn das eine Matheaufgabe wäre, müsste man jetzt rechnen, wie viele noch in der Schlange stehen. Wie viele vor dir stehen.

Es klingelt.

Eine Sechstklässlerin vor dir sagt so was wie »Menno«, Pflicht siegt über Materie. Die wird irgendwann in der

nächsten Stunde weinen, die wird sich schämen, weil sie
dem Lehrer sagen muss, dass sie muss, der wird fragen,
was sie denn in der Pause gemacht hat, was sagen von
Sextanerbläschen, wird das alles vor der versammelten
Klasse machen, weil es immer noch nicht in Ordnung ist,
dass man einfach aufs Klo geht, wenn man muss. Ohne
sich zu blamieren.

Du bist anderthalb Minuten nach Beginn der vierten
Stunde an der Reihe.

Du weißt jetzt den Namen von dem Tollen von der
Polenfahrt. Bis zur Mittagspause wirst du ihn schon
wieder vergessen haben. Du weißt aber jetzt, warum du
später mit Jeanette ins Schwimmbad gehen musst.

Du bist schnell. Du pinkelst, du wischst dich ab, du spülst
ab, gehst ans Waschbecken und wäschst dir ordentlich
die Hände. Du bist dir sicher, dass auf dem Jungsklo
keine Schlange war.

Du streichst dir den Pony glatt und trocknest dir die
Hände ab. Die Türklinke drückst du mit dem Ellbogen
auf.

englisch

Du kommst also zu spät, da steht wieder der Mathemensch, der jetzt Englischmensch ist, »Excuse me, sir«,
ducken und weiter zum Platz.

Wenig später dasselbe noch mal mit Jeanette. Von der
nur ein genuscheltes »Sorry«.

Das ist erst die vierte Stunde. Du hast noch drei weitere
vor dir.

Du sitzt, du schreibst auf, was er vor zwei Stunden schon
gesagt hat, in Grün diesmal.

Ist glücklich, dass ihr die Bücher schon habt, dann kann
man ja gleich einsteigen mit Textbeispielen, perfect.

Außerdem listening comprehension.

»Aber erst mal, liebe Leute, Let's talk about the United
States of America. Let's brainstorm. What are the things
that come to mind when you think about the U.S. of A.?«

Lustiges Wörtersammeln an der Tafel.

In der fünften Klasse war es noch spannend, nach vorne
kommen zu dürfen und was an die Tafel zu schreiben.

Richtig kicherig ist man davon geworden. Dass ihr den
Weg nach vorne fast im Hopsergang gesprungen seid.

Jetzt schlurfen, jetzt »Muss ich?«.

»In English, please!«

»Do I really have to?«

Er fragt dich, du sagst Washington, D.C.

So kann man die Zeit auch totschlagen.

Freedom schreibt irgendwer.

»Was heißt'n das noch mal?«, fragt dich Hannah, »Frieden?«

Maxima prustet los.

Fragt der Englischmann, ob sie was beizutragen hat.

»Any contributions?«, sagt er.

»No sir, I'm fine. I'd rather just sit here and watch the show if you don't mind.«

Ihr sitzt in der dritten Reihe und zwei Reihen drehen jetzt die Köpfe nach hinten.

»Cheeky«, sagt er.

Und »Someone's obviously lived abroad? Am I right?«.

Er ist ganz schön right.

Du schaust auf die Uhr.

Über der Tafel hing damals eine Uhr, als du an diese Schule gekommen bist. Die haben sie irgendwann runtergenommen. Dann war da eine Zeit lang ein heller runder Kreis, dann haben sie die Schule renoviert.

Der Unterricht wird zum Zwiegespräch zwischen deiner Banknachbarin und dem Englischmann. Der freut sich bestimmt, dass er endlich mal richtiges Englisch sprechen kann. Schau, wie er lächelt. Dabei war das gerade wirklich ganz schön cheeky. Aber das ist bei so einem wunderbaren britischen Akzent schon zu verzeihen.

Fünf Minuten später back to business, aber der CD-Player will nicht so, wie er da vorne will. Ihr habt Arbeitsblätter, die ihr erst mal noch verkehrt herum auf dem Tisch liegen lassen sollt.

Die Hälfte der Blätter werden in dem Moment umgedreht, als er sich dem CD-Player zuwendet.

Born in the …

Fill in the gaps.

Na gut.

Du kennst das Lied.

Jeder kennt das Lied.

Die ganze Menschheit kennt das Lied.

Instructions sind wie folgt: Listen closely, what do you think this song is about? Well, duh, America!

Du hörst zu, du fillst in the gaps, du vergleichst mit deinen peers und korrigierst everything Falsches. Du lernst bestimmt sehr viel heute. Du lernst, dass das, was nach Hymne, anthem, klingt, keine sein muss. The melody is misleading, schreibst du auf. Up-beat, schreibst du. Working-class setting, schreibst du.

Du füllst das Blatt aus und legst eine Vokabelliste an.

Du schreibst *Vokabelheft* auf deine andere Liste.

Du schaust das Arbeitsblatt an und ergänzt dann *Locher*.

Hannah beugt sich hinter deinem Rücken rüber zu Maxima, »Ey, warum kannst'n du so gut Englisch? Ich hab das eben nicht so ganz verstanden«.

Die winkt ab. Der Englischmann zischt in eure Richtung. Du hängst über deinem Arbeitsblatt.

Der Englischmann scheint aber damit durch zu sein, schaut auf die Uhr, liest dann noch einen Text aus dem Buch vor, kommt aber nicht mehr dazu, mit euch die Fragen durchzuarbeiten. Flucht under his breath, dass fünfundvierzig Minuten lächerlich kurz sind.

»Well, that's all, folks«, sagt er, aber nobody gets the reference.

This is gonna be fun, denkt er und hat in der nächsten Stunde wieder Mathe.

pause

Jeanette isst ein Snickers. So ein großes Snickers. Weil sie angeblich unterzuckert ist.

Du bestimmt auch.

Aber du hast kein Snickers.

Du könntest vielleicht fragen, ob sie dich mal abbeißen lässt. So unter Freunden. Bitte. Bitte?

Ist ja auch ein großes Snickers.

Jeanette sieht, dass du sie anstarrst. Guckt zurück, während sie abbeißt. Mit Absicht abbeißt. Schau, wie sich die Karamellfäden zwischen Zähnen und Snickers ziehen.

Nein, du wirst nicht fragen.

Du guckst woandershin.

Du überlegst, ob du noch mal beim Hausmeister anstehen willst. Als ob das irgendwer je wollte.

Du denkst kurz über freien Willen nach, dann über Schokolade.

Schaust auf die Uhr.

Als du wieder hochblickst, zerknüllt Jeanette die leere Verpackung.

»Sorry, wolltest du abbeißen?«, fragt sie dich.

Du zuckst mit den Schultern.

Die Spucke im Mund hat sich inzwischen verdoppelt. Du schluckst sie runter.

Die Emmas reden wieder auf Maxima ein.

Von beiden Seiten.

Die holt ihr Handy raus, als würde sie die beiden gar nicht hören.

Und geht dann einfach weg. Leerstelle. Emma schaut Emma an.

An der Tischtennisplatte wird Rundlauf gespielt. Das habt ihr das letzte Mal in der sechsten Klasse gemacht. Mit Händen, mit Büchern, manche haben sogar extra Tischtennisschläger mit in die Schule gebracht.

Du hast schon lange nicht mehr Tischtennis gespielt. Du warst aber auch nicht gut.

Du verlagerst das Gewicht vom einen auf das andere Bein.

Ein paar ziehen Runden über den Hof, ziehen Runden um das Schulhaus. Ihr steht hier. Steht euch die Beine in die Bäuche, ihr solltet euch eigentlich bewegen, dazu ist die Pause da. Aber dazu seid ihr inzwischen vielleicht zu alt.

Gummitwist habt ihr auch mal gespielt.

Himmel und Hölle.

Du schaust auf die Uhr.

Emma schubst dich an.

Du fragst, was sei.

Sie hat dir eine Frage gestellt.

Welche denn?

Sie stellt sie noch mal. Du beantwortest die Frage und bist einen Moment später schon wieder mit den Gedanken woanders.

Das ist bestimmt Unterzuckerung.

Du brauchst vielleicht Koffein. Du magst keinen Kaffee. Tee hat der Hausmeister nicht. Cola hat er. Du magst auch keine Cola. Du trinkst einen Schluck Wasser. Schaust auf die Uhr.

Emma und Emma gehen los, weil sie über irgendwas reden müssen.

Eine Runde laufen.

Jetzt steht ihr da zu dritt.

Hannah schaut dich an.

Du ziehst dein Handy aus der Tasche. Wischst irgendwo rum. Tippst irgendwo rum. Öffnest Apps und schließt sie wieder.

Schaust auf die Uhr.

Und hoch.

Sagst, dass du aufs Klo musst.

Gehst aufs Klo und wäschst dir nur die Hände.

kunst

Der Kunstraum liegt nach Norden, Schattenseite der
Schule. Außerdem sind die Jalousien unten.

Dabei ist es nicht mal heiß draußen.

Kein Lehrkörper da. Du hast vergessen, wen ihr jetzt
habt.

Die Tische stehen irgendwie im Raum. Die Stühle stehen
irgendwie dabei. Unentschlossen.

Du bist die Erste von euch. Dir fällt auf, dass du eine von
vielen bist. Teil eines Ganzen.

Du gehst zu irgendeinem Tisch, schaust dich nach den
anderen um. Die steuern dich an.

Alle schauen sich um, Schulterzucken, Taschen auf
Tischen, auf Stühlen.

Ihr zählt, sechs Leute können da sitzen. Emma und
Emma rutschen zu euch. Neben dir der freie Platz. Ihr
seid ungerade. Emma ruft nach der Neuen, dass sie zu
euch kommen soll.

Du kommst dir vermittelt vor und weißt nicht, was du
davon halten sollst. Schaust sie nicht groß an, als sie
fragt, ob das okay ist. Schulterzucken. Weder ja noch
nein, eher egal.

Kunstmenschin kommt aus der Sammlung, schlängelt
sich vorbei an Tischen, Stühlen, Schülern, Taschen.

Vor dem Bauch Dias.

Hinter euch der Diaprojektor.

Man setzt sich.

Richtet sich aus nach Norden.

Die Kunstfrau stellt den Projektor an, altes Ding aus dem letzten Jahrhundert, Jahrtausend, grau und laut.

Klackklack.

Der Lichtkreis vorne wird grau und unscharf.

Sie dreht die Linse.

Bild.

Sagt nichts.

Du schaust nach vorne, wartest auf Ansagen, wartest auf das Übliche, hast nach einer Minute alles auf dem Bild gesehen, nächstes bitte.

Die Zeit dehnt sich in alle Himmelsrichtungen in Raum 016.

Dass ihr fast die Luft anhaltet.

Klackklack.

Wieder grau.

Parkplatz. Beton und Asphalt. Mülleimer. Himmel irgendwo dahinter.

Hannah schaut nach rechts und links, zu Jeanette und dir und zurück, stupst dich mit dem Ellbogen an.

Du reibst dir die Stelle an deinem Arm.

Schaust weiter nach vorne.

Neben dir, andere Seite, hat einen Block rausgeholt und guckt nach vorne, schreibt was auf, kannst nicht sehen was.

Klackklack.

Nächstes Foto.

Bushaltestelle. Eine Bank ohne Sitzfläche, vergilbter Fahrplan, übermalt. Angekokeltes Plastik. Dahinter Rapsfelder. Farbe.

Klackklack.

Glaskasten mit Plakaten. *Kasse* steht da. Die Plakate halb abgerissen, verblichen. Übereinandergeklebt.

Irgendwer vor dir hält sich zwei Finger an den Kopf und drückt ab, lässt seinen Kopf zur Seite fallen.

Stummfilm.

Du hast deinen Block inzwischen vor dir liegen. Stift in der Hand. Malst an den Löchern am Rand rum.

Malst die Perforation nach, bis das Blatt fast abreißt.

Die Kunstfrau geht an euch vorbei nach vorne, steht im Bild, im Licht, schaut euch zum ersten Mal an oder nicht, weil eben der Diaprojektor sie anstrahlt.

Dass das eine Serie namens *Schöne Orte* sei.

Rechts hinten irgendwo »höhö«.

»Von wegen.«

»Schön.«

»Schön deprimierend vielleicht.«

Nächstes Bild.

Drei Mülltonnen, eine umgefallen, Inhalt undefinierbar. Himmel genauso. Gestrüpp, Büsche. Straßenrand.

Du siehst, dass da schon lange niemand mehr vorbeigekommen ist.

Warum das jemand schön nennen würde?

»Weil«, sagt einer, »das ist bestimmt ironisch gemeint. Macht man doch so.«

»So haha, denk mal drüber nach. Kunst halt.«

»Okay«, sagt sie.

»Was noch?«

Dass Schönheit ja auch im Auge des Betrachters liegt.

Was ihr denn seht.

»Sieht jemand Schönheit?«

Alle Hände bleiben unten, alle Münder verkniffen. Bloß nicht.

»Was seht ihr denn?«

Dir wird kalt.

Eigentlich ist es noch Sommer. Zwei Wochen wenigstens noch. Auch wenn jetzt das Schuljahr angefangen hat. Auch, wenn das Schwimmbad Ende der Woche zu macht.

Und selbst wenn in ein paar Wochen im Kalender *Herbstanfang* steht, heißt das noch lange nichts. Sind noch keine gelben Blätter gefallen. Spätsommer, ja.

Aber die Bilder sind kalt, dass dir selbst kalt davon wird. Ums Herz.

Die Mülltonnen sehen ganz schön traurig aus.

»Guck mal«, sagt die neben dir, »die da hat die andere geschubst und jetzt liegt sie da. Ganz schön gemein. Und die dritte steht rum und tut so, als hättse nix gesehen.«

Kleines Lächeln.

Sagst leise: »Die Bitch.«

»Aber echt.«

Nächstes Bild

Hauswand, kaputtes Straßenschild, alter Putz. Fenster im Parterre. Räudige Vorhänge, die gerne Spitzendeckchen wären. Davor eine kleine Vase mit Plastikblume. Ganz bleich von der Sonne.

Dass es jemand schön haben wollte.

Aber schade um die kleine Plastikblume, die man vergessen hat, weil sie da eh nur steht, kein Wasser braucht. Und dann einfach ausbleicht.

Hat vielleicht jemand mal auf der Kirmes geschossen. Oder von der Kirmes mitgebracht bekommen. So »Schau, die hab ich für dich geschossen«.

Liebesbeweis. Vielleicht ist jemand mal ein bisschen rot geworden wegen der Plastikblume.

Und jetzt steht sie da an einem vergessenen Fenster. Die arme.

Sagt aber keiner, sagt nur jemand, dass das eben hässlich ist. Und mehr nicht. Nicht mal schöne Fotos. Nichts, was man sich an die Wand hängen würde.

Fragt die, ob Kunst heißt, dass man sich das an die Wand hängt. Gute Kunst.

»Klar.«

Nicken noch ein paar mehr.

Dass man dann Kunst mit Dekoration verwechselt.

Und zeigt das nächste Bild. Klackklack.

Leerer Saal. Hörsaal oder so.

»Was das wohl war?«

»Kino«, sagt einer.

»Theater.«

»Uni.«

Und wie lang das schon still ist. Und leer.

So viele leere Sitze, und ihr knüllt euch hier schon wieder auf engem Raum zusammen.

Sagt, dass es das Bild sei, das ihr euch genauer anschauen sollt.

Dass das euer Thema für das Halbjahr sei.

»Wie jetzt?«, sofort von hinten. Und »Äh, versteh ich nicht«.

Strenger Blick.

»Ey, lass die doch mal ausreden!«

»Ja, lass mich doch mal ausreden«, sagt die.

Zeigt noch mehr Bilder, sagt, die seien nicht aus der Serie, die hätte sie so gefunden.

Und Themen in der 9. Klasse: Architektur. Raum. Perspektive. Zeichnungen. Fotografie.

Klackklack. Ein leeres Shoppingcenter. Da ist die Decke durchgebrochen. Jetzt ist es ein Fischbecken.

»Weiß jemand warum?«

Dach kaputt, reingeregnet, Wasser nicht abgelaufen. Dann kamen die Mücken. Dann war jemand schlau und hat da Fische reingesetzt. Gegen die Mücken.

Hat also noch jemand anderes im Internet gesehen.

Nächstes Bild. Klackklack.

Dorf mit offenen Türen und Fenstern, Sand und Sand. Wüste.

Verlassen, Dünen wandern da durch.

Klackklack.

Grüne Häuser. Ganzes Dorf überwachsen. Mit Efeu.

»Was haben diese Bilder gemeinsam?«

»Na, verlassen sind die. Und dann vergessen worden.«

»Ja«, sagt sie. »Und was noch?«

»Da fehlt was.«

Leerstelle, denkst du.

Und die vorne hilft, fragt nach der Funktion von Gebäuden.

»Für Menschen sind die.«

»Fein.«

Und führst schon im Kopf die Logik fort, Menschen weg, Funktion hinfällig. Ort traurig. Eben Leerstelle.

Du hast das alles gerade notiert.

Hannah fragt, was du aufschreibst, ob die gesagt hat,
dass ihr was aufschreiben sollt?

»Nein.«

»Was schreibst du also auf?«

Schiebst ihr den Block hin, weil sie ja nicht aufhören wird
zu fragen.

Daneben malt sich Jeanette mit Kuli auf den Arm. Herz-
chen.

Und Sternchen. Und Spiralen.

Hat gesagt, dass sie sich gerne tätowieren lassen würde
und nur noch nach dem richtigen Motiv sucht. Oder
'nem Satz. Und dann macht sie das.

Als ob ihre Mutter das erlauben würde.

Jeanette übt für den Ernstfall.

»Aufschreiben«, sagt die Frau. »Was jetzt kommt,
ist wichtig«, du ziehst also deinen Block zurück und
schreibst auf.

Verlassene, öffentliche Orte.

Studie. Fotografie. Objekte suchen. Mindestens drei.
Mehrere Perspektiven.

Dass das später euer Zeichenprojekt wird. Deswegen erst
mal fotografieren.

Ob denn Handy okay sei.

»Ja«, sagt sie.

Ob denn die Spiegelreflex von Papa okay sei.

»Auch das«, sagt sie, »wenn das für Papa okay sei.«

Ob denn, fängt einer an.

Und sie sagt, dass man von ihr aus auch eine Lochkame-
ra benutzen kann, Hauptsache, es kommen irgendwann

Fotos dabei raus, mit denen ihr arbeiten könnt.

Also Orte, die mal für Menschen, für viele Menschen, vielleicht für Geselligkeit oder so gedacht waren. Wo jetzt keine Menschen mehr sind.

»Und bitte nicht in verlassene Gebäude einsteigen. Bringt euch nicht in Gefahr und macht euch nicht strafbar.«

Eltern haften für ihre Kinder.

»Fragen?«

Bestimmt.

Du denkst nach.

Es klingelt, es ist schon wieder kleine Pause.

Du gehst nach draußen. Beine vertreten.

pause

Du bist so schnell rausgegangen, dass keiner mehr gefragt hat, wo du hinwillst. Ob du mit jemandem aufs Klo oder ums Haus willst.

Raus.

Du stehst im Erdgeschoss und hast fünf Minuten.

Im Innenhof ein paar Oberstufler. Der ist nie wirklich leer. Wenn Schule ist.

Du nimmst dein Handy, Kamera an, machst ein halbes Foto von einer leeren Ecke im Innenhof. Du kannst nicht gut fotografieren. Du versuchst dich mit Filtern und Rahmen und sonst was, das geht meistens.

Du gehst nach vorne zum Schulhof. Da huschen ein paar rüber, die noch schnell vor der nächsten Stunde aufs Klo müssen. Die in einen anderen Raum müssen.

Die, die langsam gehen, die stehen bleiben, sich unterhalten, die irgendwas machen, die haben jetzt schon frei.

Du machst noch ein Foto. Das ist deine Notiz an dich selbst. Dass du hier noch mal herkommst, wenn keine Schule ist. Am Wochenende. Oder Freitagnachmittag. Wenn der Müll noch nicht weggeräumt ist. Leere Trinkpäckchen. Taschentücher. Brotpapier. Die Raucherecke auf der Straße.

Du machst dir dann doch noch eine richtige Notiz, schreibst *Schulhof Wochenende*.

Du musst wieder rein.

kunst

Was denn jetzt noch? Noch eine Stunde totzuschlagen.
Du bist das nicht mehr gewohnt. Die anderen sind das
nicht mehr gewohnt. Ihr hängt in den Seilen, ihr hängt
wie ein Schluck Wasser in der Kurve. Im Plural.

Auf die Plätze.

Fertig.

Los.

Immer noch der Diaprojektor. Jetzt geht's um die Theo-
rie, wie das ist mit der Perspektive.

Nach hinten hin wird alles

– blauer

– heller / dunkler

– unscharf

Du bist auf Autopilot, schreibst auf, was man dir
sagt. Schiebst dein Blatt zu Hannah, wenn die nicht
mitkommt. Antwortest ihr leise.

Du bist eine gute Schülerin.

Bis heute, bis zur neunten Klasse, hat sich noch kein
Lehrer über dich beschwert. Angetan sind sie von dir
manchmal. Zu ruhig bist du manchen. Aber nicht
aufmüpfig. Nicht dumm. Könntest mehr mitarbeiten.
Dass man dich aber auch immer aufrufen muss.
Du machst deine Arbeit ordentlich und pünktlich.
Über deine Freundinnen sagen die Lehrer andere Dinge.
Fragen sich manchmal, ob die einen schlechten Einfluss
auf dich haben, aber dann schauen sie sich deine Noten,

deine Arbeiten an, das, was du ablieferst, und alles ist
so, wie es zu sein hat. Schlechter Einfluss perlt an dir ab.
Teflon.

Ihr bekommt Blätter ausgeteilt, weil keiner von euch
einen Zeichenblock dabeihat. »Bleistifte habt ihr doch,
oder? Wenn nicht, vorne am Pult stehen noch welche,
aber bitte nicht einstecken. Bitte. Denkt an die Kollegen.«
Hannah zum Beispiel.

Bei der hat's letztes Jahr schon gehakt. Und im Jahr
davor. Ob die das überhaupt schafft? Jetzt in der Neunten? Den Eltern haben sie schon gesagt, dass eine andere
Schule vielleicht besser geeignet sei.

Und Hannah hat dir das erzählt und geweint.

Dass sie blöd ist. Dumm. »Nein«, hast du gesagt.

Du hältst Hannah nicht für dumm.

Und die Eltern haben dann gleich drei Nachhilfelehrer
rekrutiert. Drei. Was das an Geld kostet. Das kriegt
Hannah auch regelmäßig zu hören, wenn ihrem Vater
wieder was stinkt.

Der will doch, dass seine Tochter auf dem Gymnasium
bleibt. Gott bewahre, dass das Kind sitzenbleibt. Oder
gar auf die Gesamtschule muss.

Du schiebst also Hannah immer den Block rüber, wenn
sie dich fragt. Du antwortest ihr. Du gibst ihr deine
Hausaufgaben, wenn sie ihre nicht fertig bekommen hat.

Du würdest Hannah jetzt gerne eine Hand auf den
Rücken legen, wie sie da über deinen Block gebeugt sitzt,
während die anderen schon anfangen zu zeichnen, Land-
schaften, egal welche, aber die Kriterien der Perspektive
müssen erfüllt werden. Raum.

Du schaust dein Blatt an, malst einen Baum, das kannst du irgendwie, hinten Skyline, denkst an Stadt, denkst an Berge, an Zacken, ja, Berge. Das kannst du auch. Irgendwas muss noch vorne sein. Irgendwas auf halber Strecke oder so.

Du verteilst Bäume und Büsche, du täuschst Wiesen und Wege an.

Du legst den Stift hin und dehnst deinen Rücken. Kreist die Schultern. Du hast diesen Sommer zu viel gelegen. Leichte Bewegung hat dir der Arzt danach verschrieben. Schwimmen, aber langsam und nicht zu lange. Yoga, hat er gesagt. Du hast überlegt, ob du Yoga machen willst.

»Ja«, hat deine Mutter gesagt, weil Yoga für einen Körper in deinem Alter, für den pubertierenden Körper, den heranwachsenden, noch nicht fertigen Körper wunderbar wäre. Weil man ja in der Pubertät (Pu-BÄH-tät) so schnell wächst und ausbeult und hormont, dass man sich erst wieder ein Körpergefühl erarbeiten muss.

Also hat sie in ihrem Yogastudio nachgefragt, ob die schon Schüler in deinem Alter nehmen.

Seit Wochen liegt der Plan auf deinem Tisch, eine 10er-Karte hast du auch schon.

»Keine Zeit«, hast du gesagt. In den Ferien. Keine Zeit.

Augenbrauen wurden da angehoben.

»Ja, ist eben so.«

Keine Lust ist kein Argument.

Nie gewesen.

Du fängst an, am Baumstamm auf deinem Blatt rumzuschattieren.

Aber sie hat dann ja eh nicht mehr gefragt.

Du zeichnest irgendwelche Linien, die nach langen
Gräsern aussehen könnten.

Schaust nach links zu Hannah. Gut macht die das.

Jeanette starrt ihre Nägel an. Erst links, dann rechts. Hält
beide Hände nebeneinander. Kramt dann in ihrer Tasche
nach Handcreme. Cremt sich die Hände ein. Riecht an
ihren Händen. Reibt sie weiter aneinander, bis die Creme
eingezogen ist. Seufzt. Macht ein Foto von ihrem ange-
malten Arm. Merkt dann, dass du sie beobachtest.

Du schaust auf ihr Blatt. Nicht so viel drauf.

Rechts von dir. Ah. Okay. Wow.

Du bist kurz davor zu sagen, dass man doch eine Landschaft zeichnen sollte. Also ihr. Also auch sie. Landschaft.
Das heißt doch Natur.

Du fragst dich gerade, ob das stimmt. Du sagst nichts zu
ihr, während sie da einen Blick von oben auf eine Stadt
zeichnet, die nicht enden will.

Das ist doch nur eine Übung. Warum strengt die sich
denn so an für eine Aufgabe, die die Kunstfrau nächste
Woche eh schon wieder vergessen hat? Das ist Beschäf-
tigungstherapie. Weil eben erster Schultag. Herzlichen
Glückwunsch, ihr habt verstanden, was ich euch beigebracht habe, jetzt wird alles noch mal reproduziert,
nachdem ihr das schon in Notizen festgehalten habt.
Sicherung.

Lernziel erfüllt.

Emma und Emma malen fast dasselbe.

Wenn du die Augen jetzt ein bisschen zusammenkneifst,
könntest du sie fast für Zwillinge halten. Mindestens für
Schwestern.

Die haben sogar die gleiche Frisur. Du hast nie gefragt, aber die sprechen sich bestimmt ab. Heute Ballerina-Dutt.

Die tragen auch ähnliche Klamotten.

Ob die manchmal das Gefühl haben, dass sie immer mit einem Spiegel rumlaufen? Der aber eine andere Person ist. Und nicht mal mit einem verwandt.

Du schaust dein Bild an.

Du machst irgendwas mit dem oberen Drittel, damit es nach Himmel aussieht. So was wie Wolken.

Die Kunstfrau sagt, dass ihr jetzt euren Namen auf das Bild schreiben sollt. Sie sammelt die dann ein fürs nächste Mal. Und bitte macht euren Arbeitsplatz sauber.

Hinten hat jemand lauter Papierfetzchen auf den Boden rieseln lassen. Sie hat das gesehen. Sie ermahnt, aufräumen, sauber machen.

Aber der Bus, die Bahn, kommt, armer Schüler muss schnell los, muss Bus oder Bahn noch erreichen, muss nach Hause.

Du schreibst deinen Namen an den Rand. Die Klasse.

Packst deine Sachen zusammen und in deine Tasche.

Schiebst dein Blatt rüber auf Hannahs, ihr macht einen Stapel.

Als es klingelt nimmst du den Stapel und legst ihn vorne aufs Pult.

Du hast jetzt wirklich Hunger.

mittagspause

Jeanette hält dich am Arm, von hinten. Du sollst warten.
Also wartest du eine Sekunde.

Ob du sie denn zum Bahnhof bringst. Nicht, ob du
willst. Ob du es tust. Ob du eine gute Freundin bist. Das
sagt sie nicht. Sie hakt sich bei dir unter.

Du sagst, dass du noch bleiben musst. Dass du noch
Ethik hast. Und Essen brauchst.

Und um nach Hause zu fahren ist nicht genug Zeit. Aber
wenigstens bis zum Imbiss kannst du mit ihr laufen.

Jeanette hängt immer noch an dir.

Außerdem trödelt sie.

Du hast schlimm Hunger. Dein Frühstück ist bestimmt
schon verdaut und verbrannt. Auch der Apfel. Du bist
noch im Wachstum. Du legst einen Schritt zu, ziehst
Jeanette ein bisschen, bis sie dich loslässt und fragt, warum du so hetzt.

Hunger ist kein Argument.

Man wollte sich doch unterhalten.

Aber ihr seht euch ja eh später.

»Ey, wenn du keine Lust hast, dann sag's einfach«, sagt
sie und bleibt ganz stehen.

Nein. So ist das nicht.

Und keine Lust ist kein Argument. Das sagst du nicht.
Nur, dass du Hunger hast. Dass die Schlange beim Imbiss
immer so lang ist in der Mittagspause. Du könntest ja
auch in der Schulkantine essen.

Aber dann könntest du Jeanette nicht noch begleiten.
Nicht wahr.

Sie nickt.

Ihr geht weiter. Schubst dich in die Seite, sagt, dass es mit dir in Polen bestimmt viel lustiger gewesen wäre. Und dass Hannah ja nicht die beste Freundin ist. Du bist das. Und dass Hannah auch so komische Tanten kennengelernt hat. Die mochte sie nicht. Aber Hannah hat dann mit denen rumgehangen. Richtig oft.

Da ist der Imbiss.

Ihr habt viel nachzuholen, sagt Jeanette. Die ganzen Ferien und noch zwei Wochen vorher.

Du warst ja auch krank.

Man hat dich ja auch nicht besuchen können.

Du warst ja auch ansteckend.

Du sagst nicht, dass du schon wieder gesund warst, als sie aus Polen zurückgekommen sind. Gesund und nicht ansteckend.

Du sagst »Tschüs« und »Bis später«. Küsschen und Küsschen. Drinnen ist schon eine Schlange.

Du stehst zum dritten Mal heute an, aber das fällt dir nicht mal auf.

Vorne steht Nick, irgendwo dahinter Maxima.

Du ganz hinten.

Nick ist fertig, die Schlange rutscht weiter.

»Keule«, sagt er, als er neben dir steht. »Hättste doch mal was gesagt.«

Du zuckst mit den Schultern, er gibt dir eine Pommes ab. Bleibt neben dir stehen. Fragt, wie die Ferien waren. Ob du unterwegs warst.

»Urlaub?«

»Nein«, sagst du.

Was denn war.

Dies und das, und dann eben Pfeiffer'sches. Drüsenfieber sagst du gar nicht mehr, weil Drüse eklig klingt. Nach Eiter.

»Ja Mensch, das ist ja mal ganz schön Scheiße für dich gelaufen, Keule.«

Schlange geht weiter. Du nimmst dir noch eine Pommes, sagst ihm, dass er sich schon raussetzen und da auf dich warten kann. Du kommst bestimmt gleich dran.

Aber bistnechterKumpel.

Maxima ist dran.

Fragt, ob die Parmesan haben. Die hinterm Tresen sagt Ja.

Hätte sie gerne auf ihrer Portion. Pommes mit Parmesan. Sagt aber Fritten.

Die Imbisstante verzieht das Gesicht. Dreht sich um und gibt die Bestellung weiter.

Deine Haare saugen den Geruch auf. Eau de Friteuse.

Ist fertig, weiter.

»Hey«, als sie neben dir steht.

»Na.«

»Ethik?«, fragt sie.

Du nickst.

Dann wartet sie draußen auf dich.

Wenn du willst.

Willst mit den Schultern zucken. Sagst aber »okay«.

Zeigst auf Nick.

Als du dazu kommst, fragt er gerade, was das mit dem Parmesan auf sich hat.

Ihr war so danach.

Ob ihr öfter danach ist.

Nein, sei das erste Mal.

Und?

Sei okay. Bisschen trocken. Probieren?

Ihr sitzt an einem verklebten Plastiktisch, obendrüber ein Sonnenschirm in Rot-Weiß.

Schranke.

Was du denn so still bist, fragt Nick.

Du bist eben mit Essen beschäftigt. Maxima guckt dich an, kaut fertig. Schmeißt die Pommesschale in den Müll. Die von Nick auch. Sagt, dass sie schon mal losgeht. Dass sie eh noch. Man sieht sich.

Du schaust auf die Uhr.

Als sie weg ist, fragt Nick dich, ob es da eine Fehde gibt, ob da wieder Dinge zwischen Frauen abgelaufen sind, die seinem männlichen Radar entgangen sind. Weiblicher Subtext?

»Unfug«, sagst du.

Fragt, und du sagst, dass sie neu in deiner Klasse ist.

Sagst nicht, dass sie neben dir sitzt, weil das nichts heißen muss.

Dass du auch nicht mehr von ihr weißt.

Willst sagen, dass das ein komischer Name ist, verkneifst es dir aber.

Gerade du.

Nick legt eine Hand auf deinen Arm, versichert dir, dass du die Einzige bist, mit der er Ethik verbringen will. Jetzt und in alle Ewigkeit. Dass ihr ja einen Pakt habt seit nun schon zwei Jahren.

Da kommt so ein neues Gemüse nicht dazwischen.

Freundschaft. Eisern.

»Keule«, sagst du.

»Keule«, sagt er.

Schaust auf die Uhr und sagst, dass es Zeit ist.

ethik

Ethik wie gehabt. Schön vertraut. Die ganze Mittelstufe in einem Ethikkurs, bei einem Lehrer, der sogar Doktor ist.

Und wenn du aufpassen würdest, was du alles lernen könntest! Aber Ethik liegt so verdammt ungünstig. Immer.

Nick hat Gummibärchen dabei. Die immerhin mit Fruchtsaft gemacht sind. Gesund, sagt er also, und dass du damit bestimmt eine der erforderlichen Obstportionen erfüllt hast für heute.

Alles im Dienste der ausgewogenen Ernährung.

Maxima steht nicht vor der Tür, als ihr zum Raum kommt. Ist auch noch nicht da, als der Doktor ankommt, nach Kaffee und Zigaretten riecht, die Tür aufschließt, klimpernd. Der Doktor hat viele Schlüssel.

Nick besetzt euren Tisch. Er am Fenster, du daneben. Breitet sich aus.

In den Reihen vor euch nur siebte und achte Klasse. So wenig. Aus deinem Jahrgang bist du die Einzige. Warst du die Einzige. Maxima steht in der Tür und schaut sich um. Nick schubst dich an. Na gut.

Du winkst sie ran.

Der Doktor setzt sich ans Pult. Der schreibt nie was an die Tafel, wenn es nicht unbedingt sein muss. Außer ein Name ist schwer zu buchstabieren oder so.

Der ist auch keiner von den Lehrern, die die ganze Zeit

im Raum rumrennen, als gäb's Geld dafür. Also für die zurückgelegte Strecke, und nicht fürs Unterrichten.

Der sitzt da und manchmal, oft schaut der euch nicht mal an und redet einfach. Das ist beruhigend. Das ist didaktischer Tod am Nachmittag. Am ersten Tag nach den Ferien. Und wärst du wach, und wärst du motiviert, und hätte Nick jetzt nicht sein Mäppchen da liegen, das du durchwühlen willst, weil da lauter Schätze drin sind, du könntest wirklich, wie gesagt, du könntest echt was lernen! Der Mann ist Doktor! Der weiß was!

Aber Nick hat einen Playmobil-Indianer im Mäppchen, der ist neu. Also fragst du, wie der heißt. Sagt er »Jones«. Und weil du darüber lachst und an Harrison Ford denkst, freut sich jetzt auch Nick und nennt dich Keule.

Maxima sitzt neben dir. Rechts von dir. Du hast sie ja an den Tisch eingeladen. Du solltest sie jetzt integrieren. Aber integrier mal drei Leute in einer Linie, die alle nach vorne gucken (sollen).

Maxima tut so, als ob sie zuhört.

Es geht um Freiheit, um die Freiheit des Einzelnen, das Recht, sich selbst zu entfalten, das aber innerhalb einer Gesellschaft. Das ist ja auch wichtig.

Du schaust auf deine Hände, siehst, dass inzwischen der Lack noch weiter abgeblättert ist. Du wirst so was nie können.

Du fragst dich, ob es erstrebenswert ist, perfekte Nägel zu haben. Du denkst daran, was alle immer sagen. Dass das Innere zählt. Dass es aber auch zählt, dass du ordent-lich angezogen bist, dir die Haare nicht grün färbst, dir nicht die Ohrlöcher mit Holzpfropfen weitest.

Weil's eben doch ums Äußere geht. Und dann schauen die Leute ja auch oft auf die Hände.

Und dann sollst du auch noch einen blitzeblanken Charakter haben, fröhlich, aber nicht aufgedreht, interessiert, aber nicht neugierig, offen, aber nicht aufdringlich.

Alles in Maßen. In kleinen homöopathischen Dosen.

Und dann noch sauber und adrett.

Dir rutscht ein kleines Seufzen raus.

Von rechts wird dir was zugeschoben.

Du schaust hoch von deinen Händen und siehst eine Nagellackflasche, Türkis. Guckst Maxima an.

Nimm, signalisiert sie dir mit dem Kinn. Na los. Hau rein. Bedien dich.

Und passt sogar zu deinem Lack in Pink. Wenn man so was mag. Du magst so was.

Der Doktor redet darüber, dass die Freiheit des Einzelnen dort endet, wo die Freiheit des Anderen beginnt.

Und weil du dir die Nägel anmalst, was der da vorne gar nicht merkt, hörst du auch zu und denkst nach, wie das mit den Entscheidungen ist, die man so trifft.

Dass alles auch andere betrifft. Weil man ja nie allein ist in seinem Handeln, nie isoliert.

Und keine Aktion ohne Reaktion.

Du bist fertig und hast jetzt zweifarbige Fingernägel.

Die aus der Siebten sehen das später und machen das nach, eine nach der anderen, weil sie das bei dir gesehen haben. Weil sie das cool finden. Das macht in deren Jahrgang einmal die Runde, dass Daumen und Zeigefinger anders lackiert sind als der Rest der Hand.

Du startest einen Trend und weißt es nicht mal.

Wedelst unauffällig mit den Händen, nachdem du die
Flasche wieder verschlossen hast. Schiebst sie dann rüber
zu Maxima.

»Danke.«

»Da nich für«, sagt die.

Nick legt dir kurz eine Hand auf die Schulter, dann
holt er endlich die Gummibärchen aus der Tasche und
verteilt sie unter euch dreien. Und zwar gerecht.

BUS

Maxima sagt dir nur schnell »Tschüs« und »Bis morgen«
und verschwindet, als es klingelt.

Nick läuft mit dir zur Bushaltestelle. Was du jetzt vorhast.
Erst mal heim.

»Zu Mama?«, fragt er.

Wieso er das denn so komisch sagen würde, fragst du
jetzt.

Weil deine Mutter heiß sei. »Heeeiiiiß«, sagt er, dass es
zischt wie Wasser auf Herdplatte.

Du verziehst das Gesicht.

Wäre aber die Wahrheit.

Er solle sich doch mal überlegen, wie das wäre, wenn das
jemand über seine Mutter sagen würde.

Also »Deine Mutter, Keule«.

Also erst mal hin und her mit Deine Mudda, nein, deine
Mudda.

Dann kommt dein Bus.

Nur die Hand gehoben und bis denne dann.

Du hast immer noch keine Karte, erinnerst dich rechtzeitig genug dran.

Schreibst deiner Mutter, dass du eine Karte für den Bus
brauchst.

Und dann siehst du, dass du eine Nachricht von deinem
Vater bekommen hast. Du liest sie. Du schließt sie. Du
öffnest sie wieder, liest sie noch einmal. Atmest tief ein
und aus.

Du antwortest nicht.

Weil er keine Frage gestellt hat.

Du schaust die Nachricht an. Nein, ist keine Frage.

Du machst das Handy aus.

Schaust aus dem Fenster, draußen wackelt dein Schulweg vorbei.

Du bist müde. Der Tag ist gerade mal halb um. Du fragst dich, warum du so müde bist.

Weil du so lange krank warst. Weil dein Körper immer noch an all dem arbeitet, was kaputt war. Weil du außerdem wächst. Die zwei Zentimeter in den letzten Wochen waren noch nicht das Ende der Fahnenstange. Du wirst noch einen weiteren Zentimeter wachsen. Das schlaucht.

Du bekommst auch in drei Tagen deine Tage. Das sagt dir morgen dein Handy.

Du denkst, dass man das wohl einfach wieder üben muss, Schule. Aufstehen am Morgen. Sitzen und nach vorne gucken.

Klingeln, rausgehen, Pause haben, klingeln, Unterricht, sich beteiligen, was lernen.

Neue Synapsen bilden. (Morgen hast du Bio.)

All der Kram.

Und der Bus, der schaukelt, dass du eigentlich gerne mal kurz die Augen zumachen würdest. Du hast gestern Abend nicht gut einschlafen können. Du warst vielleicht zu aufgeregt. Dabei willst du nicht mehr aufgeregt sein vor dem ersten Schultag. Du bist ja nicht mehr in der Grundschule.

Du warst vielleicht so lange wach, weil du es nicht mehr

gewohnt bist, früh, zeitig, rechtzeitig ins Bett zu gehen. So was sollte man trainieren. Egal.

Du wirst heute versuchen früher ins Bett zu gehen.

Du wirst nicht anfangen morgens Kaffee zu trinken.

Du magst den Geschmack nicht, auch wenn Kaffee gut riecht.

Vielleicht versuchst du Matetee, denkst du. Das wirst du nicht machen. Du wirst einfach müde in die Schule gehen.

Irgendwann gewöhnst du dich schon wieder dran.

Der Bus biegt in deine Straße ein, du bist wach geblieben, hast die Augen offen gehalten und stehst jetzt auf. Hangelst dich von Haltestange zu Haltestange zum Ausgang. Drückst auf einen Knopf, ein Lämpchen leuchtet rot. Bus hält. Du steigst aus.

suppe

Du holst die Post aus dem Briefkasten und trägst sie in eure Wohnung. Die Wohnungstür schlägt hinter dir zu, weil du vergessen hast die Fenster zuzumachen. Durchzug. Peng.

Du legst die Werbung auf einen Haufen. Du machst einen Stapel für deine Mutter.

Du hast eine Karte bekommen.

Du bekommst sonst nie Post.

Heute bekommst du eine Karte.

Mit Elefanten drauf.

Du bist plötzlich wieder wach. Du bekommst rote Backen.

Legst die restliche Post irgendwohin, dass deine Mutter sie später suchen muss.

Mit der Karte in der Hand streifst du dir die Sandalen von den Füßen, die Tasche liegt schon im Flur mit grober Ausrichtung zu deinem Zimmer. Sehr grob.

Du gehst postkartenblind in die Küche, holst die Suppe aus dem Kühlschrank, stellst sie in die Mikrowelle und liest die eine Zeile, die da steht.

Außerdem: mit Briefmarke und Stempel.

Du hast Post bekommen.

Du hast vergessen, dir ein Brötchen zu holen, das ist egal. Die Suppe dreht sich um die eigene Achse, ohne dass ihr schwindlig wird.

Du hast Post bekommen.

Mit deiner Adresse drauf, mit deinem Namen, voll und ganz, abgestempelt auf einem Postamt am Samstag. Am Samstag, denkst du und leuchtest.

Immer noch Sommer.

Die Mikrowelle macht ping, du holst die heiße Schüssel raus, nimmst dir einen Löffel, rührst um, vermischst warme Suppenanteile mit kalten. Sitzt am Esstisch und rührst und vor dir die Karte.

Dass man eine Postkarte so oft lesen kann.

Und vorne drauf zwei Elefanten, Rüssel an Schwanz.

Du isst ein bisschen Suppe, weil deine Mutter drauf achtet, dass du genug isst, weil sie Angst hat, dass die Medien dir eingeredet haben, dass irgendwas falsch ist mit deinem Körper. Du isst, du räumst danach alles weg und wischst den Tisch ab.

Du steckst die Karte in deinen Kalender. Du steckst deinen Kalender in einen Beutel. Deine Wasserflasche. Deine Geldbörse. Sonnenbrille, Schlüssel.

Deine Tasche liegt halb leer, liegt immer noch im Flur. Du schubst sie mit dem Fuß in dein Zimmer.

Suchst dein Handy, Kopfhörer. Sandalen wieder anziehen. Gehst noch mal alles im Beutel durch.

Deine Mutter hat dir geschrieben, dass ihr euch erst abends seht. Fragt, wie der erste Tag war. Ob du die Suppe gegessen hast. Ob du was Besonderes zum Abendbrot haben willst. Du antwortest ihr erst, als du wieder auf der Straße bist.

Machst den Messenger zu. Machst ihn wieder auf.

Du schickst jemand anderem ein Lächeln.

Danke für die Elefanten.

HUND

Du hättest das Fahrrad jetzt eh nicht brauchen können.

Erstens, weil du bloß ein paar Straßen weiter musst.

Außerdem wird es dann eh nur da stehen.

Du klopfst im Erdgeschoss an eine Fensterscheibe, gehst dann an die Haustür und klingelst.

Der Summer summt und macht auch noch die Tür auf. Im Hausflur öffnet sich eine Wohnungstür. Es bellt einmal laut und dunkel. Aus der Tür guckt oben ein Frauenkopf und unten ein Pitbullkopf. Der ist größer als der Frauenkopf. Frauenhand an Hundehalsband. Unnötig. Der Hund hat genug gebellt, schaut auf deine Hand und gehorcht, macht Sitz.

Du begrüßt Frauchen.

Dann ist der Hund dran. Du bekommst die Hand abgeleckt und wirst angewedelt.

»Magst du reinkommen?« Magst du.

Du füllst noch schnell deine Flasche Wasser auf, du bekommst Plastiktüten und Leckerli. Die Leine hängt im Flur.

Dir wird nachträglich zum Geburtstag gratuliert.

Wie alt du denn jetzt bist?

»Vierzehn.«

Dann seid ihr ja jetzt auf der sicheren Seite.

Endlich kannst du legal mit dem Hund spazieren gehen.

Nicht, dass das irgendwen in den letzten Wochen gejuckt hätte.

Der Hund liegt schon wieder, Kopf auf Pfoten, schaut zu euch hoch.

Er hat einen Namen. Er hört aber auch auf Mäuschen, wenn du ihn so rufst. Und auf Plastiktütenrascheln. Weil Leckerli.

Die Frau fragt, wie es deiner Mutter geht, und du sagst, gut, und denkst, dass sie das doch selbst fragen kann.

Du wirst gefragt, wie es dir geht. Auch gut.

Ja, Schule hat wieder angefangen.

»Und wie fühlt man sich mit vierzehn?«, fragt sie, erwartet aber keine Antwort.

Sagt, dass du ja jetzt strafmündig bist und dann wohl deine Mafiaaktivitäten und den Waffenhandel aufgeben musst.

Du lachst immer noch nicht.

Aber: »Danke, dass du den Hund ausführst.« Weil sie eine Deadline hat und daher keine Ruhe, und nur um den Block sei ja nicht gut für den Hund, auch wenn er ein fauler Sack ist inzwischen, aber er soll sich doch auch bewegen. So eine Stunde wäre gut. Eine große Runde. Du kennst das. Du winkst ab, nimmst die Leine vom Haken und der Hund steht langsam auf, dehnt und streckt sich. Gähnt. Trottet zu dir und lässt sich anleinen. Ihr sagt Tschüs, geht Gassi, und die Freundin deiner Mutter geht wieder an den Schreibtisch.

Schneckentempo.

Es ist nicht mal heiß.

An der nächsten Ecke hebt er das Bein, pinkelt ausgiebig. Schaut dich dann an.

Sagst, nein, dass ihr noch nicht nach Hause geht. Gassi!
Fast glaubst du, dass der Hund seufzt.

Er trottet weiter.

Die Leute, die euch entgegenkommen, machen einen
weiten Bogen um euch. Das ist gut so.

Obwohl. Nicht, dass irgendwas passieren könnte.

Du hast 55 Kilo friedlichstes Gemüt an der Leine. Du
bräuchtest die Leine nicht einmal. Der Hund ist so alt
und abgeklärt, dass ihn nichts mehr aus der Fassung
bringt. Kinder sind ihm egal, Menschen allgemein. Andere Hunde auch, egal ob männlich oder weiblich (sogar
läufig). Kein Problem mit Fahrrädern oder Sirenen. Oder
Eichhörnchen.

Ihr geht zum Park, dazu braucht ihr doppelt so lange,
wie du alleine brauchen würdest.

Du setzt die Sonnenbrille ab.

Sonne hinter Wolken. Hinter sehr vielen Wolken.

Du ziehst den Hund zum Hundeplatz. Da sind noch
andere. Die spielen, die kämpfen, die jagen sich. Deiner
steht nur da. Guckt. Gähnt.

Du hast vor Wochen mal einen Ball geworfen.

Er hat dich nur angeschaut, als hättest du sie nicht mehr
alle. Du hast dann den Ball selbst holen müssen und ihn
kein zweites Mal geworfen.

Auf dem Hundeplatz rumzustehen kann man nicht als
Bewegung verbuchen.

Du überlegst.

Du hast plötzlich eine Idee und weißt nicht, ob das eine
gute Idee ist.

Dein Bauch weiß nicht, ob das eine gute Idee ist.

Komisch fühlt er sich an, der Bauch.

Das ist egal. Es ist eine Idee, ein Gedanke. Du ziehst den Hund hinter dir her aus dem Park. Du schreibst dabei eine SMS an deinen Vater.

Dann machst du Maps auf und suchst den Weg.

Es fängt jetzt an ein bisschen zu regnen.

papa

Du wirst mit dem Hund jetzt doch länger als eine Stunde
unterwegs sein, du sagst schnell Bescheid und Frauchen
schreibt, dass sie sich freut. Dass du dir so viel Zeit lassen
kannst, wie du willst.

Der Hund ist das nicht gewohnt, aber er mag dich, er
gehorcht dir.

Du bist in letzter Zeit immer wieder angepflaumt
worden. Erstens, weil das doch einer dieser schlimmen
Kampfhunde ist. Maulkorb sollte der haben. Mindestens.
Wenn nicht gar eingeschläfert werden. Und überhaupt.
Menschen, die sich solche Rassen zulegen. Was das denn
für welche sind.

Außerdem: dass du ja viel zu klein, viel zu zart, viel zu
schwach bist für so ein Monster. Wenn der dir durch-
geht, kannst du den doch eh nicht halten. Unverantwort-
lich ist das. Du hast dich gefragt, ob sie das auch zu Jungs
in deinem Alter sagen würden.

Du hast das alles ignoriert. Nahe an euch rangekommen
sind die eh nicht. Weil ja Angst vor dem Monster. Dem
Köter. Der Bestie.

Du streichelst dem Hund kurz über den Nacken und
kraulst ihn hinter den Ohren. Schaut dich an und
hechelt. An der nächsten Straßenecke hältst du, schaust
auf dein Handy, guckst dich um.

Gehst weiter.

Nummer 29 wohnt er.

Du stehst vor dem Haus, das kein besonderes Haus ist.

Hier wohnt also dein Vater.

Du denkst, dass es anders aussehen sollte. Nicht wie zwei Drittel der Häuser in dieser Straße.

Der Hund schaut dich an. Als ihr an der Haustür steht, schnuppert er ein bisschen am Boden rum. Du gehst die Namen am Klingelschild durch. Das musst du nicht. Auf einem ist Kreppband aufgeklebt mit seinem Nachnamen, mit deinem Nachnamen.

Du atmest ein und aus.

Du klingelst.

Wenig später brummt der Türöffner. Er hat nicht mal gefragt, wer da ist.

Du stehst im Hausflur und weißt nicht, in welches Stockwerk du musst.

Gehst zu der erstbesten Tür im Erdgeschoss, um da nach dem Namen zu schauen, da ruft er aus dem Stockwerk obendrüber, ruft »erster Stock«.

Du steigst über dunkelgraue Steinstufen, die Hand am Metallgeländer.

Da steht er. In der Tür seiner Wohnung.

Du weißt nicht, wie du ihn begrüßen sollst.

Er nimmt dich in den Arm, eckig, nicht rund.

Komm doch rein.

Fragt noch in der Tür, ob du sein Geburtstagsgeschenk bekommen hast.

»Ja«, und Nicken und Danke.

»Gut«, sagt er.

Und dass du die Schuhe nicht ausziehen musst, der Boden sei eh dreckig vom Malern.

Es riecht nach Alpinaweiß. Du sagst nichts, nichts hallt, die Räume sind noch leer. Kisten stehen überall. Keine Möbel, die hat er bei euch gelassen.

Dass sein Büro der einzige Raum sei, der schon fertig ist.

»Schau.«

Da. Hinter der Tür, hinter noch einer weißen Tür, sein Schreibtisch, der schwarze Schreibtischstuhl. Die Regale an den Wänden, die hat er gleich anbringen lassen.

Kisten voller Bücher und Ordner.

Sein Rechner.

Die Tasche, in der er seine Arbeit vom Betrieb nach Hause und wieder zurück trägt.

Da steht er, dein Vater und schaut dich an. So ein weites Lächeln, so ein lautes Lächeln, »NA?!?«, schreit es.

Du nickst.

Du weißt nicht, was er hören will.

Du könntest das sagen, was man so sagt, wenn jemand umgezogen ist und man sich die neue Wohnung anschaut.

»Schön hast du's hier.«

Oder:

»Muss aber noch viel gemacht werden.«

Und vielleicht: »Sieht so anders aus.«

»Der Tisch steht gar nicht mehr am Fenster« (»wie bei uns«, würdest du vielleicht sagen, und dann nichts mehr).

Du nickst und er fragt dich, ob du Durst hast.

»Nein«, sagst du. »Aber der Hund vielleicht.«

Der Hund nah an dir, drückt seinen dicken Körper, sein kurzhaariges Fell an dein Schienbein, sitzt neben dir und schaut.

Dein Vater besinnt sich, ja, der Hund. Und dann mal hier entlang. Nächste weiße Tür, nächstes Zimmer.

Das ist also die Küche. So schmal, dass man nur drin stehen kann, dass kein Tisch, kein Stuhl, nur gerade ein Hocker hinpasst. Nicht mal den hat er.

Sucht in den Schränken, Schüssel, irgendwas, Suppenteller.

Du musst ihn entschuldigen, sagt er, er ist noch nicht so richtig eingerichtet und Geschirr hat er auch nur das, was im Keller stand, was ihr irgendwann mal auf den Flohmarkt bringen wolltet, was aber keiner gemacht hat. Überhaupt was für ein Glück, dass es noch da war. Dass ihr das nicht einfach auf die Straße gestellt habt, in einer Kiste, zum Mitnehmen.

Dein Vater plappert. Dein Vater ist doch eigentlich keiner, der plappert. Ist doch der Stille in eurer Familie, der im Arbeitszimmer hinter einer Tür sitzt, zu Hause, gesessen hat, vor der Tür ein Zeigefinger an den Lippen deiner Mutter, »Stör ihn jetzt nicht, er muss arbeiten«. Neue Wohnung, neuer Vater.

Es muss dann wohl ein Topf sein, sagt er jetzt, den findet er, den füllt er mit Wasser, stellt ihn auf den Boden.

Ihr quetscht euch auf vier Quadratmeter, Vater, Tochter, Hund.

Hund trinkt, schaut dann hoch.

Du hast das Schlafzimmer gesehen. Da auch nur eine Matratze bis jetzt.

Dass er es noch nicht geschafft hat, weil doch Arbeit, da sei gerade die Hölle los. Wochenende, hat er gedacht. Dann Möbelmarkt. Vielleicht selbst was bauen.

Steht da. Fragt, wie es dir denn geht.

»Gut.«

»Ja?«

Du nickst.

Das Bad auch blendend weiß, kalt. Leer. Wanne, Dusche, Kacheln und Kacheln und Fliesen und Fliesen. Eine alte Glühbirne an der Decke. Eine aufgerissene Packung Klopapier neben der Kloschüssel.

Fragt dich, ob die Schule wieder angefangen hat.

»Ja, heute.«

»Und?«

Du zuckst mit den Schultern, gehst weiter, machst schon die nächste Tür auf, während er noch »warte« sagt. Und dann ist er still.

Hinter der weißen Tür Blaubarts Zimmer, nein, aber blaue Tapete.

So ein ruhiges Blau. Darauf eine Zierborte mit Segel-schiffen.

Es war einmal ein Segelschiffchen, singt dein Kopf.

Das lag seit Jahr, Jahr, Jahr und Tag am Kai.

»Ja«, sagt er und du weißt nicht, was er mit diesem Ja meint, Ja wozu? Ja Zimmer?

Tatsache. Das ist das Wort für dieses Zimmer. Das Tatsa-chenzimmer.

Der Boden ist aus weißem Holz. In einer Ecke stehen schon Kisten, die dein Vater nicht bei euch gepackt hat, auf den Kisten eine fremde Schrift. Tatsache. Und hast noch gedacht, hast noch durchgeatmet, weil die Matrat-ze im Schlafzimmer so schmal ist. »Ja«, sagt er und kratzt sich den Hinterkopf.

Dein Kopf singt jetzt

Ein kleiner Matrose

umsegelte die Welt

er liebte ein Mädchen

Und dann zieht er aus und hier ein und es gibt ein blaues Zimmer.

»Wann?« Du drehst dich zu ihm, hast deine Hand im Nacken des Hundes und kraulst, schiebst seine Haut, sein Fell hin und her, wann also?

»Im Januar ist Termin«, sagt dein Vater.

Das ist in vier Monaten. Vier von neun. Du rechnest fünf Monate zurück.

Du bist ja gut in Mathe. So gut in Mathe müsstest du gar nicht sein, dazu müsstest du nur die Grundrechenarten im Zahlraum von eins bis zehn beherrschen. Bis neun. Dass sie einziehen wird, wenn alles fertig ist.

»Ja.«

Er dachte, deine Mutter hätte schon.

Nein, hat sie nicht. Deine Mutter hat nicht.

Ja, sie hat ja auch gesagt, das sei seine Sache.

Das müsste er. Mit dir. Oder besser: Das solle er dir erklären. Er wollte sich dann in Ruhe mit dir zusammensetzen, sagt er, und du denkst, dass er ja nicht mal Tisch und Stühle hat, ob er wohl deswegen so lange gewartet hat, weil er erst noch in den Möbelmarkt muss.

Blau, denkst du, schaust auf deine pinkfarbenen Sandalen, so ein Gender-Mist.

Und sagt, er hat gewartet, bis du wieder gesund bist.

Dass er die Wohnung eigentlich schon hatte. Eine Weile.

Und dann warst du ja plötzlich so schlimm krank.

Da konnte er ja nicht einfach.

Nicht einfach gehen.

Aha.

»Aha«, sagst du.

Danke schön.

Spuckst du ihm vor die Füße. Im Kopf nur. Draußen bist du still.

Herzlichen Dank auch.

Sagst du also nicht.

Du musst jetzt los. Das sagst du.

Du gehst, der Hund hinter dir, bei dir, schnell, weil er muss, mitmuss, rausmuss.

»Jetzt warte doch, da kann man doch.«

Du bedankst dich noch mal für die Führung. Er steht da. Dein Vater steht da und weiß nicht.

Und als er dann die Arme öffnet, weil er dich doch noch einmal, da hast du dich schon umgedreht, da bist du schon draußen, mit beiden Füßen und Beinen, da bist du schon fast auf der Treppe. Hebst die Hand zum Abschied.

Du sagst sogar »Tschüs«.

Der Hund bleibt mit dir gleichauf, die Treppe runter, raus aus der Haustür, schnell die Straße entlang. Zur nächsten Ecke und raus aus seiner Straße, in eine andere, nur nicht weiter in der Straße deines Vaters sein.

Du gehst weiter zielgerichtet ohne Ziel, nur weg.

Und kennst dich hier doch gar nicht aus.

Irgendwann ist da ein Park, der keiner ist. Ein bisschen Grün mit ein bisschen Zaun und ein bisschen Bank, vor allem leer.

Du setzt dich. Atmest schnell und dann noch schneller und dann verschluckst du dich, verschluchzt du dich.

Der Hund legt seinen Kopf auf deinen Schoß, eine Pranke dazu, auf deine Hand, so ein Monster, so ein liebes Monster.

Und während du da sitzt, während du da einfach nur sitzen kannst, weil es nicht anders geht, da kommt keiner vorbei, keiner, der fragt, was denn sei, Kleine, Mädchen, nicht weinen, was ist denn, Liebeskummer? Herzeleid? Weil die Menschen ja immer denken, es muss was mit Jungs sein. So ist das doch in deinem Alter, wenn man traurig ist. Liebe oder Hormone.

Keiner kommt vorbei, das ist gut.

Irgendwann kannst du wieder ein bisschen normaler atmen.

Du wischst mit dem Unterarm über dein Gesicht, bis es trocken ist.

Du sagst dem Hund, dass er der beste der Welt ist. Und danke. Und dass es jetzt wieder geht.

Du schreibst Frauchen, dass ihr euch jetzt auf den Nachhauseweg macht, suchst dann den Weg, der nicht bei ihm vorbeiführt.

Als sie dich fragt, warum du so rote Augen hast, erzählst du ihr was von einer Baustelle, Sand, Wind und harten Kontaktlinsen.

Ach je, nicht so schlimm, danke, bitte. Bis bald.

Der Hund wedelt und leckt dir die Hand.

Schaust auf die Uhr und hast noch eine Verabredung. Und zwar jetzt.

SCHWIMMBAD

Du schreibst Jeanette, dass du auf dem Weg bist.

Du hast kein Handtuch eingepackt, keinen Badeanzug, nichts, du hast alles zu Hause vergessen.

Es hat inzwischen längst aufgehört zu regnen.

Vielleicht will Jeanette nicht mehr ins Schwimmbad, vielleicht hat sie der Regen verschreckt.

Nein, sie schreibt, dass sie schon vorm Eingang steht.

Seit Ewigkeiten.

Du wirst dich entschuldigen müssen. Sehr.

Du willst zurück.

Du willst nach Hause.

Oder irgendwo anders hin.

Aber versprochen ist versprochen.

Schreibst, dass du ohne Fahrrad unterwegs bist, per pedes, das dauert eben.

Jeanette schreibt, dass sie gleich reingeht, wenn du nicht bald auftauchst.

Fünf Minuten.

Und steht da also mit verschränkten Armen, als du endlich, »ENDLICH«, sagt sie, ankommst.

Du schaust auf die Uhr. So verdammt spät ist es nicht.

Das sagst du nicht.

»Sorry.«

Schmollend durch die Kasse, noch den Spätbaderabatt plus Schülerermäßigung rausgeholt.

Du ziehst dir die Sandalen von den Füßen, barfuß über

nicht mehr warme Steine, die noch leicht nass sind vom Regen.

Über die Wiese.

Dass sie den halben Sommer hier verbringen wollte, aber dann hat sie gleich am ersten Tag so einen dermaßenen Sonnenbrand bekommen, da hat ihre Mutter »nixda« gesagt.

Jeanette gibt Polen und dem Regen die Schuld. Wäre der Regen nicht gewesen, hätte ihre Haut nicht so übertrieben auf die plötzliche Sonne reagiert.

Weiß doch jeder.

Echt.

Vorbräunen ist wichtig.

Musste sie also daheimbleiben. Und dann noch eine Woche bei der Patentante, weil das irgendwann mal so verabredet war, aber das war so öde, die hat kleine Kinder, da liefen den ganzen Tag nur Kinderlieder.

Jeanette verdreht die Augen.

Nachtleben ist da auch nicht gewesen.

Du fragst dich, seit wann Jeanette ein Nachtleben hat.

Die ist doch auch erst vierzehn.

Da, sagt sie und zeigt und du schaust, nur damit dir gleich gesagt wird, dass du nicht so auffällig gucken sollst.

»Der da oben auf dem Bademeisterhochsitz.«

»Der ist Bademeister?«

»Nicht wirklich. Aber so was Ähnliches. Rettungsschwimmer.«

»Aha.«

»Ist der nicht toll?«

Du bist ein bisschen kurzsichtig. Sagst du.

Dass man das aber doch auch kurzsichtig sehen muss. So toll wie der ist.

Jeanette macht ein Geräusch, als würde sie in Ohnmacht fallen.

Breitet die Bademate, ihr Handtuch in Sichtweite aus, zieht sich die Jeansshorts aus, das Top. Steht da plötzlich im Bikini.

Du kommst dir sehr angezogen vor.

Jeanette schaut dich an. Nimmt ein Haargummi vom Handgelenk und bindet sich die Haare hoch.

»Na los!«

»Was?«

»Ausziehen!«

Du hast keinen Badeanzug dabei.

»Was?«

Dass du eben keinen Badeanzug dabeihast. Dass du heute Nachmittag noch unterwegs warst, länger als gedacht, also nicht mehr zu Hause. Da, wo der Badeanzug liegt. Und übrigens auch kein Handtuch.

»Ja, und was jetzt?«

Du hast keine Ahnung.

Jeanette hat echt keine Lust, die ganze Zeit hier rumzuliegen, nur weil du so blöd warst deinen Badeanzug zu vergessen.

Du sagst ihr, dass sie ja schwimmen gehen kann.

Du bleibst derweil bei ihren Sachen. Und passt auf. Habt ja auch eure Wertsachen nicht weggeschlossen.

Wirklich. Ist o.k., wenn sie geht. Du passt auf.

Jeanette überlegt noch kurz, ob sie weiter sauer sein soll, geht dann aber doch in Richtung Schwimmerbecken.

Schaust zu, wie sie am Becken entlanggeht, wartet, aber der Typ auf dem Ausguck hat eine Sonnenbrille auf und schaut sonst wo hin. Dabei ist echt nichts los.

Wirklich gar nichts los.

Der Sommer ist vorbei. Als hätte das irgendjemand einfach so entschieden.

Nur noch ein paar Alkoholiker am Kiosk.

Eine kleine Gruppe Mütter mit Kleinkindern auf der Wiese.

Mehr nicht.

Niemand in eurem Alter.

Dass die überhaupt aufmachen, wenn so wenige kommen.

Du nimmst dein Handy und fängst an die Leere zu fotografieren.

Rasen, der nicht mehr platt gelegen ist.

Eine Eisverpackung, die im Duschbecken zwischen Liegewiese und Badebereich liegt.

Das leere Becken bei den Sprungtürmen.

Das Planschbecken.

Eine tote Biene.

Du schaust zurück zu euren Sachen.

Ist ja eh keiner da, der was klauen könnte.

Gehst dann wieder zum Schwimmerbecken.

Jeanette hängt am Rand, der Typ sitzt in der Hocke vor ihr.

Jeanette lacht über irgendwas, was der gerade gesagt hat.

Hält ihm ihre Hand hin und er zieht sie aus dem Wasser.

Sie streicht sich die Haare zurecht, obwohl die vollkommen in Ordnung sind.

Der Bikini ist nicht schlecht. Rot.

Irgendwo hat sich Jeanette dann doch noch ein bisschen Sommerbräune geholt.

Du bekommst eine Nachricht.

Von deinem Vater.

Dass ihr noch mal in Ruhe über alles reden solltet. Und dass diese Woche aber schlecht ist. Ob du denn nächste Woche mit ihm einen Kaffee trinken möchtest. Oder er kocht für dich.

Oder wir schreibt er und du willst kurz ausholen, weit, das Handy in hohem Bogen, aber was kann denn das Handy für deinen Vater.

Jeanette zeigt zu dir und winkt dich heran.

Du steckst dein Handy in die Rocktasche.

Gehst zu ihnen.

Du wirst vorgestellt.

Er wird vorgestellt. Schaut dich vielleicht auch an, kannst du nicht sehen, er nimmt die Sonnenbrille nicht ab.

Hat die Hände unter die Achseln gesteckt, Daumen gucken raus.

Du fragst dich, ob das bequem ist.

»Hi.«

Das ist er also.

Jeanette sagt, dass ihr kalt ist. Ob er denn mitkommen mag.

»O.k.«

Du fragst, ob er seinen Posten verlassen darf.

Logen. Ist eh nichts los und hat jetzt eigentlich auch Feierabend, sagt er. Er winkt noch einem, ruft, dass er jetzt Schluss macht.

Da drüben liegt ihr.

Er latscht euch hinterher.

Knallt sich auf den Rasen neben Jeanettes Matte.

Die bleibt stehen, fängt an, sich ganz langsam abzu-
trocknen.

Der Typ hat immer noch seine Sonnenbrille auf. Du
fragst dich, ob der überhaupt was sehen kann.

Er zieht ein Päckchen Zigaretten aus der Potasche, bietet
euch welche an.

Du denkst, dass die Zigaretten jetzt bestimmt platt sind.

Lehnst ab. Nicht deswegen.

Jeanette sagt, jetzt gerade nicht. Sie hätte heute schon
viel zu viel geraucht.

Du fragst dich, wann Jeanette heute geraucht haben soll.
Nicht in der Schule.

Willst sie fragen, seit wann sie raucht.

Eigentlich willst du sie fragen, ob sie überhaupt raucht
oder warum sie so was sagt.

Dabei weißt du das doch eh.

Jeanette drückt sich das Wasser aus dem Pferdeschwanz
und hält das Gesicht in Richtung Himmel.

Der Typ lehnt mit den Armen auf den Knien.

Wie alt ist der eigentlich?

Du fragst ihn, wie alt er ist.

Siebzehn. Wird bald achtzehn.

Du schaust Jeanette von der Seite an. Die setzt sich jetzt
hin, lehnt sich auf die Ellbogen, liegt da, als würde sie
sich bräunen. Ignoriert die Wolken.

Du sagst, dass du mal zum Kiosk gehst, was zu trinken
holen.

Er fragt dich, ob du ihm ein Bier mitbringst.

Du sagst ihm, dass du vierzehn bist. Also nein.

Schaust Jeanette an.

Die winkt ab.

Du machst die lange Runde außen an den Becken vorbei.

Holst dein Handy wieder raus. Fotografierst den Spiel-
platz.

Hinter der Hecke ruft dich eine kleine Stimme. Du
schaust rüber, siehst im Nichtschwimmerbecken eine
Gruppe Kinder, Köpfe zwischen Schwimmflügelchen.

Du magst das Wort Schwimmflügelchen.

Ein kleines Mädchen hüpft auf und ab und ruft immer
wieder deinen Namen und winkt.

Du winkst zurück. Signalisierst ihr, dass du rumkommst.

Gehst um die Ecke, durch das Duschbecken, hin zum
Beckenrand, bückst dich runter.

Fragst Julchen, was sie denn hier macht, als sei das nicht
offensichtlich.

»Schwimmstunde«, sagt sie.

Ah, das sei ja der Wahnsinn. Du hast gar nicht gewusst,
dass Julchen schwimmen kann.

Jaha, kann sie.

Und dass morgen die letzte Stunde ist und da müssen sie
alle einmal ohne Schwimmflügelchen schwimmen.

Ob sie denn aufgeregt ist.

Sie schüttelt den Kopf, hüpft immer noch auf und ab.

Lippen sind ein bisschen blau. Bibbert ein bisschen.

Der Schwimmlehrer ruft sie ran, fragt, ob du zur Familie
gehörst.

»Nein«, sagt Julchen.

»Das ist meine Freundin«, sagt sie.

Du fragst, wie lang der Schwimmunterricht noch geht.

Er sagt es dir.

Guckst zu Julchen und sagst, dass du sie dann später triffst.

Gehst zum Kiosk.

Der Typ steht plötzlich da, nimmt gerade ein Bier entgegen.

Du fragst ihn, wo Jeanette ist.

Er nickt in Richtung ihrer Matte.

Du holst dir eine Limo.

Als du deine Geldbörse aufmachst, legt er dir eine Hand auf den Arm.

»Lass mal stecken. Geht auf mich.«

Der Kioskmann macht dir die Limo auf.

Du willst nicht eingeladen werden.

Du sollst dich nicht so anstellen. Du sollst dich bedanken.

Du bedankst dich lahm.

Und dass er gar nicht wusste, dass Jeanette eine so süße Freundin hat. Hätte er das gewusst.

Was dann, sagt er nicht.

Du sagst, dass du jetzt mal wieder zu Jeanette zurückgehst. Dass die ja schon wartet.

Du sollst noch bleiben.

»Nein.«

Sei doch nicht so. Ihm ein bisschen Gesellschaft leisten.

Es sei so einsam als Rettungsschwimmer.

Du sagst, dass Jeanette ihm bestimmt gerne Gesellschaft leistet.

Er winkt ab. »Die? Nee. Aber du.«

Du sagst »Danke für die Limo«, drehst dich um und stracks zurück zu Jeanette.

Wo du denn so lange warst.

Ob du den Typen gesehen hättest.

Und hat er was gesagt?

Und wie findest du ihn?

Du zuckst mit den Schultern.

Du weißt ja nicht mal, ob der Augen hat.

Stellst dir kurz vor, dass hinter der Brille wirklich keine Augen sind.

Schüttelst dich.

Du sollst mal bitte nicht so scheiße sein.

Dass der ja wohl toll ist.

Aber du hättest ja keine Ahnung von Jungs.

Und hättest eh gar kein Interesse an Jungs, sagt sie, denkt sie manchmal.

Dass sie sich außerdem fragt, ob du lesbisch bist.

Blick von der Seite.

Meine Güte, sie hätte das ja nur so dahingesagt, aber wenn du das wirklich bist, dann sei das natürlich voll okay.

Nein, bist du nicht.

»Gut«, sagt sie. Und dass sie den toll findet.

»Der ist fast achtzehn«, sagst du.

»Ja und?«

»Ist das nicht ein bisschen alt?« Und denkst, was will der denn mit einer Vierzehnjährigen.

Jeanette sagt, dass der genau der Richtige ist. Der hat wenigstens Erfahrung. So einen braucht sie. Der kennt sich aus mit Liebe. Und sie sei ja eh sehr reif für vierzehn. Und wird ja auch schon nächsten Monat fünfzehn. Ja aber. Der doch nicht. Nicht der. Du schüttelst den Kopf.

»Bist wohl eifersüchtig.«

»Klar.«

»Na klar, bist du wohl. Ist doch glasklar, so wie du dich aufführst.« Weil der geil ist, weil der auf sie steht. Da entfährt dir so ein Geräusch, so ein Schnauben. Was die Scheiße denn soll?

»Nichts.«

Ach ja? Nichts? Was du dann hier so rumschnauben musst?

Und du weißt doch eigentlich, dass es nichts bringt, wenn du ihr sagst, dass der Typ ein Depp ist, der dich hinter ihrem Rücken dämlich angräbt. Überhaupt, eklig ist der. Du weißt genau, dass sie dir nicht glauben wird, denn du kennst Jeanette, seit ihr aufs Gymnasium geht, dass sie dir einfach nicht glauben kann, dass sie sich das einfach nicht anhören will. Nicht versteht, dass du es nicht sagst, um ihr wehzutun, sondern damit ihr nicht wehgetan wird. Weil du ihre Freundin bist. Weil es die Wahrheit ist.

Und weißt schon, als du es sagst, wie sie drauf reagieren wird.

Du nimmst viele Sätze später deinen Beutel, denn es ist nichts mehr zu sagen, sagt Jeanette.

Nur, dass du dich verpissen sollst.

Du nimmst also deinen Beutel, deine Sandalen und gehst

wieder die große Runde vorbei an den Becken. Du siehst, dass der Schwimmkurs zu Ende ist, fragst dich, ob Julchen schon weg ist.

Weißt, du hättest die Klappe halten sollen, mitspielen.

Sagen, klar, der steht total auf dich, Jeanette.

Der ist super.

Voll der Traumtyp.

Ihr passt total gut zusammen.

Und dann mit ihr gemeinsam wochenlang Theorien ausspinnen, warum der nicht mit ihr ins Kino will.

Warum der nicht antwortet, wenn sie ihn anchattet. Bis sie irgendwann sagt, dass der halt scheiße ist.

Morgen siehst du sie wieder und sie wird nicht mit dir reden. Und die anderen vielleicht auch nicht.

Hannah bestimmt nicht. Du bist jetzt die Bitch.

Das geht dann so eine Weile, bis sie sich wieder einkriegt, bis sie dir vergibt, bis sie dich wieder mag.

Du bist plötzlich sehr müde und gehst durchs Metall-drehkreuz nach draußen.

Da steht Julchen mit nassen Haaren, die ihr Bruder gerade trocken rubbelt.

Er schaut zu dir hoch, lächelt.

»Hey. Da bist du ja.«

Du lächelst auch.

Hey.

»Danke für die Karte«, sagst du.

kiosk

Anton hat ein Rennrad. Julchen ist auch mit ihrem Rad
da. Aber du nicht.

Was denn mit deinem Rad ist, fragt er dich.

Du sagst, dass es einen Platten hat.

»Musst du wohl flicken«, sagt er.

Du gibst zu, dass du das nicht kannst.

Er fragt dich, ob er es dir zeigen soll.

Und ob morgen gut wäre.

»Ja.«

Morgen ist sehr gut.

»Hast du noch ein bisschen Zeit?«

Hast du.

»Magst du noch ein bisschen zusammen gehen?«

Magst du.

Er schiebt sein Fahrrad und läuft neben dir her.

Seine Hand an deiner Hand.

Julchen saust auf ihrem kleinen Rad ohne Stützrädchen
den Bürgersteig entlang bis zur nächsten Ecke. Da hält
sie und wartet auf euch.

Anton nimmt jetzt deine Hand.

Herz hüpft.

Du fragst, warum Elefanten.

Er sagt, es hätte bestimmt einen Grund gegeben. Dass
du ja heute Nacht von Elefanten geträumt hast.

Aber das konnte er ja am Samstag nicht wissen.

Er zuckt mit den Schultern.

Gibt keinen Grund. Nur, dass du gesagt hast, dass du so
gerne Post bekommen würdest.

Weil deine Mutter in deinem Alter einen Haufen Brief-
freunde hatte und fast jeden Tag Post bekommen hat.

Julchen ruft, dass ihr euch beeilen sollt.

Anton ruft zurück, dass er eigentlich noch ein Eis mit
ihr essen wollte. Dass ihm die Mutter extra noch Geld
mitgegeben hat.

Aber wenn sie unbedingt nach Hause will, dann mag sie
wohl kein Eis.

»Doch! Eis!«

Ihr kommt an der Kreuzung an, links rechts links, kommt
nichts, darf fahren.

Ihr lauft hinterher.

»Die kennt den Weg zum Kiosk«, sagt er.

Und fragt dich, ob du ein Eis magst. Ob er dich auf ein
Eis einladen darf.

»Ja bitte.«

Eis magst du sehr gerne.

Anton kauft euch drei Softeis, sagt zu Julchen, dass ihr
das Eis hier esst und sie nicht damit Fahrrad fahren soll.

Ihr sitzt auf der Mauer neben dem Kiosk, Julchens Beine
knapp über dem Boden.

Antons Bein an deinem Bein.

Vanilleeis im Bauch.

Julchen springt auf, stellt sich vor euch hin und fängt an
zu erzählen, was heute passiert ist im Schwimmunterricht.

Und dass sie, wenn sie erst mal richtig ohne Schwimm-

flügel schwimmen kann, dass sie dann ja das Seepferdchen machen kann. Das kommt dann auf den Badeanzug drauf. Das muss man festnähen. Sie fragt dich, ob
du auch das Seepferdchen gemacht hast.

Du nickst.

Julchen überlegt und fragt, wie alt du da warst.

Älter als sie, sagst du.

Sie freut sich. Sagt, dass Anton ihr dann beibringt, wie
man richtig schwimmt. Und lange. Und wie man taucht.
Und das mit den Armen. Wie heißt das?

»Kraulen«, sagt Anton.

Ja, Kraulen, das will sie auch lernen. Und dann kann sie
alles.

Anton fragt Julchen, ob sie dich nach dem Eis nach
Hause bringen will?

Du sagst, das wäre sehr schön.

Ob sie das machen will.

Julchen nickt. Ja klar bringt sie dich nach Hause.

Ihr esst das Eis auf. Wascht euch die Hände an einem
Brunnen.

Julchen sagt, dass sie vorfährt, weil sie den Weg ja kennt.
Aber nur bis zur Straße.

»Jaha.«

Hand in Hand.

Samstag hat Anton dich zum ersten Mal geküsst. Und
zum zweiten Mal.

Fünf Mal hat er dich geküsst.

Am Samstag.

Er fragt dich, wann er morgen bei dir vorbeikommen
soll. Du sagst, wann du am Nachmittag zu Hause bist. Er

kann erst später. Aber kommt dann direkt von der Schule
zu dir.

»Ist das okay?«

Das ist sehr okay.

Er streichelt deinen Zeigefinger.

Julchen fragt, ob sie schon über die Straße fahren darf.

Anton sagt Nein.

Julchen seufzt und wartet auf euch.

Du bist innen ein Flattern.

Ihr kommt in deiner Straße an, nur noch ein paar Schritte und du bist zu Hause.

Julchen steht schon vor deiner Haustür und wartet. Ihr
kommt nach. Steht da.

Julchen sagt »Tschüs« und dass Anton jetzt kommen soll.

»Gleich«, sagt er.

Und dass sie schon mal bis zur nächsten Ecke fahren
kann. Er kommt sofort nach. Er muss dir nur noch was
sagen.

Julchen stöhnt ein bisschen, tritt dann in die Pedale und
saust los. Die lange Wimpelstange an ihrem Fahrrad
wippt hin und her.

»Bis morgen«, sagt er.

Dann bekommst du deinen sechsten Kuss von Anton.

Vanilleeis, denkst du.

mama

Du stehst noch ein bisschen vor der Tür. Die beiden sind schon längst um die nächste Ecke verschwunden.

Du atmest ein und aus, dann schließt du die Haustür auf und gehst die drei Stockwerke hoch zu eurer Wohnung.

Du merkst beim Aufschließen, dass deine Mutter jetzt zu Hause ist.

Du machst dich bemerkbar, gibst Laut.

Ziehst dir die Sandalen aus, gehst zum Spiegel und schaust dich an.

So siehst du also geküsst aus.

So solltest du immer aussehen.

Deine Mutter ruft, dass es jetzt Abendessen gibt.

Dass sie einkaufen war.

Du gehst ins Bad, gehst aufs Klo, wäschst dir die Hände.

Wieder Spiegel.

Immer noch Kusslippen.

Immer noch ein bisschen Vanille.

Am Küchentisch steht deine Mutter, kommt zu dir, Umarmung, Kuss auf die Stirn, setz dich.

Der Tisch gedeckt für zwei, du und sie, Mutter und Tochter.

Lauter leckere Sachen hat sie eingekauft.

Hummus, Käse, getrocknete Tomaten. Auberginenpaste. Oliven. Gefüllte Weinblätter. Fladenbrot. Salat. Feigen.

Sie sagt, dass es Herbst sein muss. Weil es wieder Feigen gibt.

Du schüttelst den Kopf, schenkst zweimal Wasser ein.

Deine Mutter holt sich noch ein zweites Glas aus der Anrichte, für Wein. Nur ein Gläschen.

Setzt sich.

Reißt Brot auseinander, gibt dir die Hälfte.

Wie dein Tag war.

»Gut.«

»Und?«

Schulterzucken.

Du stapelst deinen Teller voll. Von allem etwas. Tunkst Brot in Öl, in Hummus. Beißt vom Käse ab, beißt in ein gefülltes Weinblatt. Kaust.

Dass du ihr noch deinen Stundenplan geben musst.

Du nickst.

Und ob du wieder welche von den alten Lehrern hast.

Hast du nicht. Kopfschütteln.

Du brauchst noch einen Schülerausweis, wichtig. Dann kann sie dir die Busfahrkarte besorgen.

Wer denn jetzt dein Klassenlehrer ist.

Du schluckst runter und sagst den Namen.

Die Nummer braucht sie auch.

Du weißt nicht, ob du die Nummer hast. Du musst nachschauen.

Du willst einfach nur sitzen und kauen.

Du trinkst ein bisschen Wasser, fragst dann, ob ihr noch Saft habt.

Habt ihr.

Du gehst an den Kühlschrank, holst den Saft raus, machst dir eine Schorle.

»Und die anderen, was haben die so erzählt?«

Du überlegst.

Sagst, dass es eine Neue gibt.

Dass die anderen, ja, da gibt's eigentlich nichts Neues.

Nur dass Polen verregnet war.

Sie sagt, dass du dann ja wohl nichts verpasst hast.

Und wie die Neue so sei.

Du zuckst mit den Schultern.

»Okay.«

Glaubst du.

Weißt nicht. Mal sehen.

Sie fragt, ob du bei ihrer Freundin warst.

Sie fragt eigentlich nicht, ob, sondern dass, und hängt hinten noch ein Fragezeichen dran.

Du schaust deine Mutter an und denkst, dass Nick sie heiß findet.

Du schüttelst dich innerlich.

Sie fragt noch mal.

»Ja.«

Weiß sie doch eh.

Die beiden wissen doch alles voneinander. Die telefonieren doch neuerdings fast jeden Tag, und wenn nicht, dann schicken die sich Nachrichten wie blöde. Dass Mutters Handy gar nicht mehr nachkommt mit Piepen.

Sagt jetzt, dass sie ja nicht mit Hunden kann.

Aber schön, dass du das machst, ihrer Freundin hilfst.

Und wie gut auch, dass du keine Angst vor Hunden hast.

Mit denen umgehen kannst.

Deine Mutter denkt in Qualifikationen im Lebenslauf.

Kann mit Hunden umgehen:

Check.

Du denkst an deinen Vater und sagst dann, dass du noch auf einen Sprung im Schwimmbad warst mit Jeanette.

Dann sollst du doch bitte die nassen Sachen noch aufhängen.

Du hast keine nassen Sachen.

Warum nicht?

Vergessen einzupacken, als du zum Hund gegangen bist.

Wie lang du denn mit dem Hund unterwegs warst? Du bist doch sonst aller-, also wirklich allerallerhöchstens eine Stunde mit dem unterwegs.

Deine Mutter rechnet.

Deine Mutter weiß, wann die Schule aus war, wann du bei ihrer Freundin aufgeschlagen bist, weil du ihr das noch erzählt hast. Sie weiß, wann du nach Hause gekommen bist und wie weit das Schwimmbad weg ist.

Du zuckst mit den Schultern.

Du sagst, dass du irgendwann diese Woche noch mit Hannah verabredet bist. Mittwoch, willst du sagen. Aber nein, da ist Chor. Das hast du ihr auch gesagt. Aber ihr habt dann nichts anderes ausgemacht, fällt dir jetzt auf.

»Wann denn?«, fragt deine Mutter.

Du weißt noch nicht.

Dass sie eben Mittwoch wollte.

»Aber da hast du Chor«, sagt deine Mutter, als ob du das nicht selbst wüsstest.

Du willst »Ach echt?« sagen.

Sagst dann aber einfach nur »Ja«.

Wo du also warst.

Du kaust und schaust deine Mutter an.

Und siehst, dass sie was weiß.

Und dass du ihr jetzt sagen sollst, was sie schon weiß.

Das ist neu.

Nein, das ist es nicht. Das ist genau so wie damals, als du mit fünf eine Vase kaputt gemacht hast und sie das wusste und dich trotzdem gefragt hat, ob du wüsstest, wo die Vase sei.

Du warst fünf und hattest eine Heidenpanik. Hast alles weggefegt und weggeworfen.

Deine Mutter hat gar nicht mitbekommen, dass die Vase weg war. Aber dann war sie an der Mülltonne und hat die Scherben gesehen.

Daran kannst du dich gar nicht mehr erinnern.

Und jetzt sitzt du da und ahnst nur, dass deine Mutter irgendwas weiß, aber nicht was.

»Wo warst du?«

»Wann?«, fragst du mit vollem Mund.

»Den ganzen Nachmittag.«

»Na, Schule, zu Hause, Hund, Schwimmbad.«

»Ja?«, fragt sie.

Und ist ja auch kein Geheimnis.

Oder ist das ein Geheimnis?

Eigentlich nicht.

Und sonst hört die Ausfragerei erst recht nicht auf.

»Bei Papa«, sagst du irgendwann.

»Mit dem Hund.«

Du warst bei deinem Vater, und zwar mit dem Hund. Weil ihr eh draußen wart.

Das war's schon.

Du fragst sie, ob du das letzte Weinblatt haben kannst.

Sie fragt dich, ob er es dir endlich gesagt hat.

Was, könntest du jetzt fragen. Das musst du gar nicht.
Weil sie weiterfragt, ob er dir erzählt hat, dass er eine
Neue hat, mit der er jetzt auch noch ein Kind kriegt. Und
sagt dir, wie lange er das schon weiß. Und wie lange er
schon vorhatte, euch zu verlassen. Und wie lange das mit
der Neuen schon lief. Und wie feige dein Vater ist.
Das sagt sie. Und fragt, ob er dir das alles erzählt hat.
Endlich.
Du nickst.
»So ein feiges Stück«, sagt sie über deinen Vater.
Du sitzt wieder auf dem bisschen Bank in dem bisschen
Park, aber hier ist kein Hund, und hier ist kein Park, hier
bist du nicht allein, sondern mit deiner Mutter, aber doch
alleiner als vorhin im Park.
Du sitzt da und magst keine Weinblätter mehr.
Du bist wieder fünf und dir ist eine Vase runtergefallen.
Du bist vierzehn und dein Vater hat euch verlassen, für
irgend so ein junges Flittchen aus dem Büro, das ihm
auch gleich ein Kind angehängt hat.
Und in wenigen Monaten wirst du Schwester.
Herzlichen Glückwunsch.
Deine Mutter schnaubt und schiebt den Stuhl vom Tisch
weg und starrt dich an. Dann steht sie auf, geht zum
Fenster und weint ein bisschen. Das siehst du nicht.
Wischt sich schnell das Gesicht trocken, sagt leise, dass
sie mal kurz auf den Balkon geht.
Da raucht deine Mutter manchmal. Sehr manchmal.
Heute.
Sie schnappt sich ihr Handy und verschwindet nach
draußen, bei offener Balkontür.

Du sitzt immer noch am Tisch.

Nimmst dir eine Feige und reißt sie auseinander.

Legst sie zu dem Trümmerfeld auf deinem Teller.

Draußen deine Mutter, die mit ihrer Freundin redet, dass sie jetzt weiß, wo das Kind war. Das bist du. Das Kind. Dass du bei deinem Vater warst. Und was sie sonst noch für Worte und Namen für ihn findet.

Du wischst dir über das Gesicht. Du stehst auf und fängst an den Tisch abzuräumen, wirfst die angebissenen Reste in den Müll.

Wickelst den Rest in Folie.

Legst alles dahin, wo es hingehört. Den Käse und die Pasten in den Kühlschrank, dazu die getrockneten Tomaten, die Oliven. Das Brot zurück in die Plastiktüte, dann in die Brotkiste.

Teller und Gläser, das Besteck in die Spülmaschine, wischst den Tisch ab.

Da steht noch das Weinglas deiner Mutter.

Das lässt du stehen.

Du schaust dir die Küche an und kannst nichts weiter tun.

Du gehst in dein Zimmer, ordnest die neuen Schulbücher in dein Regal.

Du holst den Stundenplan raus und schreibst ihn für deine Mutter ab. Hängst ihn an die Pinnwand in der Küche.

Du packst deine Tasche für morgen. Du hast eigentlich Deutschhausaufgaben. Die musst du heute noch nicht machen, du hast erst wieder am Donnerstag Deutsch. Du legst dir Sachen für morgen raus.

Du legst einen Ordner für dieses Schuljahr an, mit
Trennblättern für die einzelnen Fächer.

Du ordnest die vollgeschriebenen Blätter aus deinem
Schreibblock in den Ordner.

Du sitzt am Schreibtisch.

Draußen hat deine Mutter sich fast leer geschimpft.

Dann ruft sie deinen Vater an.

Du sitzt immer noch am Schreibtisch, als sie mit dem
Handy am Ohr kurz in die Küche geht, den Wein in
einem Zug austrinkt, sich nachgießt. Das Weinglas mit
nach draußen nimmt.

Der Nachbar, der sich eigentlich über dein Türenknallen
beschweren wollte, hatte das schon vergessen. Jetzt hört
er bei offenem Fenster deine Mutter und wie sie deinen
Vater nennt. Was sie ihn alles nennt.

Und bekommt nun die Information, die ihm seit Wochen
fehlt, seitdem der Nachbar ausgezogen ist, dieser Ingenieur. Der stille.

Eigentlich will euer Nachbar seine Ruhe. Aber die
Neugier siegt.

Du sitzt am Schreibtisch und dein Handy klingelt.

»Hi.« Und dass er dir nur sagen wollte, dass er und
Julchen gut nach Hause gekommen sind. Weil du dir
doch bestimmt schon Sorgen gemacht hast.

Das hast du nicht. Du sagst, das hast du.

Und dann hört er dich und fragt dich, ob alles in Ordnung ist. Wieder weinen. Du versuchst leise zu sein, zu
sagen, dass alles okay ist, aber da sagt er schon, dass du
weinst.

»Ja.«

Wegen ihm?

»Nein.«

Ob du traurig bist.

Er hört dich nicken.

Und du atmest.

Und ist ja auch kein Geheimnis.

Du sagst ihm, dass du bei deinem Vater warst. Und er hört im Hintergrund deine Mutter.

Und sagt, dass er vielleicht noch rausschleichen kann.

Jetzt. Schnell zu dir kommen.

»Nein. Wird schon. Das wird schon, oder?«

»Ja«, sagt er.

Und du glaubst ihm.

Du sitzt an deinem Schreibtisch und ihr seid ein bisschen still miteinander, zusammen.

Du atmest und sagst, dass es jetzt wieder geht.

Ja.

Ehrlich.

Und morgen.

Ja, morgen.

Morgen.

Ihr legt irgendwann auf.

Und es geht wieder.

Du gehst ins Bad, wäschst dir das Gesicht, putzt dir die Zähne, cremst dich ein und bürstest dir die Haare.

Morgen.

Dir fällt auf, dass das Pflaster nicht mehr auf deinem Schienbein klebt.

Schaust noch einmal in den Spiegel.

Dann gehst du in das Arbeitszimmer deines Vaters.

Es dämmert und du machst das Licht an.

Nichts.

Nur noch Löcher in den Wänden, helle Flecken, wo mal Bücher standen, wo mal Bilder hingen.

Du holst dein Handy.

Du machst ein Foto.

Löschst das Licht. Gehst in dein Zimmer.

Dann holst du die Postkarte aus deinem Kalender und legst dich ins Bett.

Vorne Elefanten, hintendrauf dein Name.

Beatrice Emilia Hofmann.

Und ein Satz.

Du stellst die Karte an deine Nachttischlampe.

Stehst doch noch mal auf, lauschst in den Flur und rufst deiner Mutter zu, dass du jetzt schlafen gehst.

Gute Nacht.

Dann schließt du die Tür hinter dir.

BIS HIERHER
UND DANN WEITER

Tamara Bach
WAS VOM SOMMER ÜBRIG IST
Taschenbuch
144 Seiten
ISBN 978-3-551-31421-5
Auch als E-Book erhältlich

IN DIESEM SOMMER stimmt nichts für Louise. Die Eltern sind ihr noch fremder als sowieso schon und die Klassenkameraden auch, vor allem seit der Sache mit Paul. Und ihr eigentlich so guter Plan, den Job beim Ampelbäcker und das Zeitungsaustragen so einzurichten, dass sie die Fahrstunden schnell abhaken kann, scheitert in der Praxis kläglich. Vielleicht hätte sie zumindest ihrer Oma nicht noch versprechen sollen, auf ihren kurzatmigen Hund Bonnie aufzupassen. Und dann ist da Jana, die mitten im Hochsommer auf einem Stromkasten sitzt und einen dieser kleinen, eingeschweißten Schokokuchen isst. Und die Louise auf einmal wie ein Schatten folgt, fast so, als erwarte sie von Louise, dass sie ihr zeigt, wie man lebt.

FREUNDSCHAFT ODER LIEBE?

Susan Kreller
SCHNEERIESE
Hardcover
208 Seiten
ISBN 978-3-551-58318-5
Auch als Taschenbuch und E-Book
erhältlich

EIN MÄDCHEN, DAS FAST GAR NICHT LISPELT. Ein Junge, der wächst und wächst. Stella und Adrian sind zusammen aufgewachsen, mit Märchen in der Hollywoodschaukel und heißem Kakao, und sind die allerbesten Freunde. Bis zu diesem verflixten Tag, an dem Dato in das geheimnisvolle Dreitotenhaus nebenan einzieht: Denn zwischen Dato und Stella entspinnt sich eine zarte Liebesgeschichte. Adrian muss den ersten furchtbaren Liebeskummer überleben – und vielleicht trotzdem schaffen, Stellas Freund zu bleiben.

EINMAL NEW YORK
UND ZURÜCK

Anna Woltz
HUNDERT STUNDEN NACHT
Taschenbuch
256 Seiten
ISBN 978-3-551-31803-9
Auch als E-Book erhältlich

EMILIA HAT SICH DIE KREDITKARTE IHRES VATERS geschnappt und einen Flug nach New York gebucht. Sie will einfach nur weg. Aber das Apartment, das sie übers Internet gemietet hat, gibt es gar nicht und zu allem Überfluss kündigt sich Wirbelsturm Sandy an. Zum Glück lernt sie Seth, Abby und den ziemlich verrückten Jim kennen. Zusammen kommen sie in der Wohnung von Seth und Abby in SoHo unter. Inzwischen hat der Sturm die Stadt fest im Griff: das Haus beginnt zu wackeln, dann fällt der Strom aus. Die vier müssen immer enger zusammenrücken, ob sie wollen oder nicht.

DER SCHRÄGSTE ROADTRIP
ALLER ZEITEN!

Clémentine Beauvais
DIE KÖNIGINNEN DER WÜRSTCHEN
Taschenbuch
288 Seiten
ISBN 978-3-551-31798-8
Auch als E-Book erhältlich

MIREILLE, ASTRID UND HAKIMA sind auf Facebook von ihren Mitschülern zur Wurst des Jahres in Gold, Silber und Bronze gewählt worden – der Preis für die hässlichsten Mädchen. Doch die drei beschließen sich nicht unterkriegen zu lassen. Zusammen planen sie einen Road-Trip per Fahrrad nach Paris. Ziel: die große Party im Elysée-Palast am Nationalfeiertag. Finanzierung: Unterwegsverkauf von Würstchen. Ein chaotische, lustige und herzzerreißende Reise beginnt. Und auf der Party hat jede der drei ein ganz eigenes Anliegen …

Außerdem von Tamara Bach im Carlsen Verlag lieferbar:
Das Pferd ist ein Hund
Honig mit Salz
Marsmädchen
Sankt Irgendwas
Von da weg
Was vom Sommer übrig ist

MIX
Papier | Fördert
gute Waldnutzung
FSC® C021394

Wir produzieren nachhaltig
• Klimaneutrales Produkt
• Papiere aus nachhaltigen und kontrollierten Quellen
• Hergestellt in Europa

Veröffentlicht in der Carlsen Verlag GmbH
Völckersstraße 14–20, 22765 Hamburg
August 2019
Copyright © 2016, 2019 Carlsen Verlag GmbH, Hamburg
Umschlaggestaltung und -typografie: formlabor
unter Verwendung von Fotos von zettberlin / photocase.de;
pontchen / photocase.de; aussi97 / photocase.de
ISBN: 978-3-551-31818-3